윤석홍 시집
북위 36도, 포항

나루시선 01

윤석홍 시집

북위 36도, 포항

도서출판 나루

시인의 말

북위 36도, 포항에 살면서 보고 느낀 애정어린 마음의
시편을 모아 세상 밖으로 내보낸다.

2020년 늦가을

윤석홍

차례

시인의 말   5

1부

2017. 11. 15   13
장기長鬐에서   15
칠포리 바위 그림   16
기계 다방   17
하옥 마을   18
진도 5.4 지진   19
북위 36도, 포항   21
기북우체국   22
포항중앙포은도서관   23
옛 포항역   24
포항우체국   25
중앙동 이발소   26
대진 반점   28
월포 바닷가우체국   30
호미곶 등대   31
대전리 3·1운동   33
포항함, 故 한주호 준위   35
과메기 1   36

2부

왕대포집 41

기북 장날 43

포항세무서 44

포항 운하 45

오어사 47

청포도 여인숙 49

구룡포 일본가옥거리 50

포항물회 52

동백꽃 필 무렵 53

보경사 55

몰개월 가는 길 57

영월재 58

머구리 이씨 60

연화재 공동묘지 62

영일만 갈매기 63

동해바다, 윤슬 64

포항 멸치 66

3부

제일국수공장　71

송도 바다　73

털신　74

상옥 마을　76

영암도서관　77

포항시립화장장　78

제철소 용광로　80

경북수목원　81

다무포 고래마을　83

과메기 2　84

흥해 들녘　85

제철소 사람들　87

사과꽃 피는 저녁　88

귀신고래　90

쇳물백일장　91

영일만 친구　93

모리국수　95

4부

보리누름   99

영일대에 핀 살구꽃   101

신광뜰   103

사방공원   104

서림지   105

고추꽃   106

구만리 보리밭   107

전선생집   109

모감주나무   110

이팝나무   112

보라빛 해국   114

우암 은행나무   115

보리라는 말   116

붉은 열매   118

장미꽃   119

해당화   120

할매집 잔치국수   121

해설ㅣ포항에 바치는 연서戀書   123

1부

2017. 11. 15

이날은 포항지역에 진도 5.4 지진이 일어난 날입니다 무고하신가요? 별고 없으신가요? 안녕하신가요? 괜찮으신가요? 하는 흔하디 흔한 인사말마저 눈물겹게 느껴지는 저녁 무렵, 지진이 일어나고 난 후 약 1~2시간 동안 정말이지 많은 분들이 심지어 외국에 계신 분들까지 지진에 대해 놀라워하면서, 근심하면서, 또 빠짐없이 서로의 안부를 묻고 걱정하는 모습들을 보여주었습니다

자기 자신의 공포보다 가족과 친지들과 이웃의 안위를 먼저 걱정하고 궁금해하는 모습들 보면서 참 많은 생각이 스쳤습니다 세상이 각박해지고 험악해졌다고 하나 우리 안에 흐르는 마음의 온도는 시리고 쓰린 자리를 덮어주고 어루만지기에 충분하기에 사람이 희망이라는 생각 말입니다

겨울은 빠르게 왔고 추위가 깊어질 때마다 내 몸도 조금씩 부서져 갔습니다 땅이 흔들리자 역설적이게도 사람에 대한 불신이 흔들리면서 이웃들이 새로운 뜻으로 다가오는 경험이었습니다 당신이 살아야 내가 살고, 그들이 있어야

내가 있다는 다시 한번 여쭙습니다 다들 무고하신가요?
별고 없으신가요? 안녕하신가요? 괜찮으신가요? 아아, 이
토록 위태롭고 힘들게 살아있는 날에 받아보는 이 눈물겨
운 인사 말입니다

장기長鬐에서

아침에 해 뜨면 꽃이 핀다 저녁에 달 뜨면 잎도 진다 꽃 떨
어지고 길 없어졌다 삶이 유배流配다

칠포리 바위 그림

한국형 바위 그림이 있다는 칠포리 곤륜산 가는 길은 바닷
가로 나 있었다 그 길이 예전부터 그렇게 나 있었는지 누
군가 새로운 길을 냈는지 모르지만 바다가 보이는 산기슭
바위에 특이한 문양이 새겨진 바위 그림엔 선사인先史人의
알 수 없는 주술적 기운이 숨 쉬고 있다 오랜 시간 두고 선
따라 돌로 문지르고 쪼아내고 파내면서 무엇을 빌고 빌었
을까 칼 손잡이 방패 모양, 여성 생식기처럼 생긴 알 수 없
는 그림들 둥근 구멍을 파면서 무슨 생각을 했을까 북두칠
성이나 기타 윷판이나 사람 얼굴 모양이 그려진 바위엔 우
주가 춤추며 살고 있는 듯했다 풍요와 다산多産을 기원했다
는 그 그림은 신화神畵였다 언제부터인가 나는 그 바위 앞
에 서서 선사인이 어스름 저녁에 내려와 돌로 또 다른 그
림을 그리고 있을까 싶어 숨죽이며 기다려도 끝내 오지 않
았다 짧은 겨울 해가 바위 그림 물들이며 북위 36도를 지
나가고 있었다

*
곤륜산은 포항시 북구 흥해읍에 있다

16

기계 다방

막걸리 양조장 건너편 기계 다방 앞에 있는 감나무는 올해도 노란 감이 주렁주렁 열렸습니다 새잎 나고 꽃 피워 저렇게 등 하나 밝힐 때까지 한시도 쉬지 않고 걸어온 저 작은 등은 가장 환한 지상의 화엄등華嚴燈입니다 분칠 가득한 늙은 마담이 아름드리 나무에 달린 감은 족히 몇 접은 될 거라고 커피를 타며 말하는 나이나 고향 같은 게 중요하지 않아서 나이 든 노인들이 싱겁게 들러붙어 농을 걸고 수작을 부려도 탱탱하게 익은 감이 곶감이 되듯 오래 그 다방을 지키고 있습니다 자신을 감추느라 나이마저 까맣게 잊고 사는 고향이 어딘지 가물가물한 그 마담은 브라자도 하지 않았는지 쟁반을 놓고 소파에 앉을 때마다 살짝 열린 블라우스 사이로 보이는 젖가슴이 잘 익은 감처럼 출렁입니다

하옥 마을

환절기가 되면 유난히 죽음을 알리는 궂긴 소식들이 날아들면 크고 작은 인연으로 문상을 하러 간다 신작로 따라 들어간 오지마을 상갓집에 온 문상객 신발들이 한 자리씩 차지하고 문수가 다른 신발들이 갖가지 모양으로 섞여 팔 베개하고 있는 신발, 배 위로 올라타 있는 신발, 남의 가슴에 척 발을 올려놓은 신발, 다른 짝과 배 맞춰 누워 있는 신발들이 적나라하게 문란한 모습들이 참 가관인 것처럼 수십 켤레 신발을 바꾸어 신다 가는 거 그게 인생이 아닐까 싶을 때 뒤늦게 달려온 문상객이 벗어놓은 신발 한 켤레가 홀러덩 뒤집어져 천정을 향해 뒤축 닳은 바닥을 보이는 신발을 보며 돌봄은 같이 할 수 있지만 죽음은 같이 할 수 없다는 삶을 알려주는, 신발이 선생이다

*
하옥마을은 포항시 북구 죽장면에 있다

진도 5.4 지진

포항에서 진도 5.4 지진이 발생했다지요 땅이 한번 작은 숨 쉰 것뿐인데 인간들은 공포와 공황에 떨어야 했다지요 인간이 만든 문명이라는 게 얼마나 하잘 것 없는가 하는 것을 뼈저리게 느낍니다 좀 수습됐나요 이재민들은 괜찮나요 미안한 질문과 지친 답변이 꽤 오래 이어졌다지요 이재민대피 수능연기 자원봉사자 배정 특별재난구역 선포 지진으로 어수선한 포항의 아픈 시절까지 감싸 안고 흘러야 할 강 한줄기 빌려 고향 안부를 묻고 싶네요 1500도가 넘는 펄펄 끓은 용광로 쇳물을 받아내고 3교대 자전거로 오가는 출선공의 고단한 삶을 위로하고 죽도시장 비린내와 만날 때면 반짝이는 생선 비늘로 돌아오던 형산강도 지진이 난 그날 이후 여기저기서 안부 전화, 문자, 카톡이 빗발치듯 땅 흔들림의 시그널이 컸던지 혼비백산, 대피하는 중에도 연락 안 하던 친구로부터 십수 년 만에 전화가 왔다지요 여진餘震은 계속되고 복구와 일상으로의 회복 외로운 싸움은 여전히 현재진행형이지만 벽이 갈라지고 지축이 흔들려도 시간이 된다면 차디찬 북서계절풍이 봄바람으로 바뀌기 전에 꼭 회복의 땅, 치유의 강이 흐르고 있는

포항으로 오셔야지요 말로만 괜찮겠지 하지 말고 직접 달
려와 싱싱한 회도 먹고 과메기를 초장에 찍어 드시며 갈라
진 벽壁과 허물어진 담벼락보다 더 찢어진 우리네 이웃의
마음을 쓰다듬어 주고 아직도 덜덜 떨고 있는 이재민 손을
꽉 잡아주셔야지요 땅속만 갈라진 게 아니라 사람들 마음
속 단층대도 갈라지고 그들만의 재난과 이념 재해까지 감
당해야 하는 지금 너무나 아프고 아픈 슬픔을 딛고 일어나
리라 굳게 믿습니다 포항은 쇠처럼 단단하고 강하니까요

북위 36도, 포항

지도를 펼쳐 놓고 한때 몸 부리고 살았던 곳마다 점을 찍어본 적이 있는지 묻고 싶다 잠시 유학했던 곳이나 거처를 두고 살았던 생의 좌표들을 빼고 우리 인생 탄착점 대부분은 현재 살고 있는 주변에 형성되어 있다 이러한 사실은 내게 모험과 도전이 결여된 성향을 보여주는 듯 집과 일터 주변을 빙빙 돌고 있는 위성 같은 점들을 보면서 그것이 자신의 성격을 빼닮았다고 생각해본 적이 있다 익숙한 것이 제일 편안할지 모르지만 대부분 사람은 늘 가던 커피전문점을 이용하고 식사 약속도 자주 가던 식당으로 정하곤 한다 게다가 입던 옷이 편해 어머니가 명절 빔으로 새 옷을 사줘도 잘 입지 않았던 기억도 있듯이 나는 북위 36도, 포항에서 느리게 익어갈 것이다

기북우체국

편지를 부치기 위해 산골 마을 기북우체국 찾아가는 길에
접시꽃 지고 코스모스 피기 시작하면 오래지 않아 쑥부쟁
이 구절초 피고 바람도 순해진다 나무들 그림자도 점점 길
어지면 먼 북쪽 하늘에선 한랭전선을 서서히 준비할 때 호
박은 노랗게 익어갈 것이고 박이 하얗게 익어가는 시월이
오면 황금 들녘은 농부들 마음같이 금빛으로 물들어 갈 때
동구 밖 멀리서 걸어오는 그대를 기다립니다 여름이 뜨거
웠기에 사과와 감에 단물이 들었고 고구마도 굵어질 것이
며 벼들은 고개 숙일 때 사람도 사랑도 오고 가는 법 내가
부친 편지를 받아 읽으며 그대도 사랑으로 발갛게 익어갈
것입니다

포항중앙포은도서관

더위와 습기에 감금당한 느낌이 들어 찾아간 도서관은 탁트인 하늘이 보이고 작은 쉼터도 있다 열람실 문을 열고 들어가 자리를 잡고 책을 꺼내 전에 읽던 페이지를 펼치자 내 앞에 앉은 학생은 수학 문제집을 풀고 있었고 가장자리엔 까만 지우개 가루가 소복했다 둘러보니 책을 읽고 있는 사람은 나 혼자 모두들 타이머 앞에 두고 문제집을 열심히 풀고 있을 때 한 시인이 도서관에서 시집을 읽다 사서에게 주의를 들었다는 얘기를 들은 적이 있다 미래를 걸고 공부에 열중하고 있는데 한가하게 시집이나 읽는 것은 면학 분위기를 해친다는 이유였다 그런 말들이 지우개 가루처럼 새까만 상념을 쏟아내며 창문 바깥으로 내다보이는 세상을 다시 한번 낯설게 바라보았다 주변을 둘러보니 공부 잘하고 못하는 아이든 돈이 있거나 없는 아이든 모두에게 자리를 내주고 나처럼 시험 볼일 없는 이름 없는 시인에게도 자리를 내주는 누구에게나 공평하게 열려있는 이 도서관이 불현듯 경이로워 보였다 시인은 미래를 걸고 공부하는 마음으로 시집을 읽지 않겠냐며 나 역시 문제집 푸는 마음으로 시집을 읽었다

옛 포항역

옛 포항역 플랫폼에서 입영 열차를 기다리는 남자는 애써 웃어 보이고 떠나 보내는 여자는 눈물을 흘립니다 남자는 여자를 꼭 껴안고 이마에 입맞춤하고 오른쪽 볼과 왼쪽 볼에 입맞춤한 뒤 입술에 두 번 입맞춤합니다 남자는 돌아서서 가다 다시 걸어와 여자를 꼭 껴안습니다 여자의 눈물이 양쪽 눈에서 흘러내립니다 남자는 그 여자의 오른쪽 볼에 한 번 왼쪽 볼에 한 번 입술에 짧게 두 번 다시 입맞춤하는 것은 저들만의 공식일 것입니다 남자가 열차에 오르고 여자는 오래도록 그 자리에 서서 눈물도 훔치지 않고 울고 있습니다 추억 속의 역전 풍경은 여전히 생생한데 막상 와 본 옛 포항역은 쓸쓸하고 소멸 직전의 불안감과 을씨년스런 분위기로 아슬아슬하게 그 자리를 견디지 못한 채 100년 넘게 있었던 역은 개발이라는 자본주의 논리에 흔적 없이 사라지고 말았습니다

*
옛 포항역은 포항시 북구 대흥동에 있었으며 1918년~2015년 4월까지 영업했다

24

포항우체국

여태 모르고 있었는데, 한 블록 옆 포항우체국 앞에 있는
우체통은 가늘고 짧은 다리에 머리통과 몸통 구분이 없는
새빨갛고 귀여운 몰골을 하고 있다 기억을 되돌려봐도 오
랫동안 잊고 있던 친구를 만난 손이라도 있으면 뜨겁게 악
수라도 나누고 싶다 입만 벌린 채 묵묵부답 언제 자기 말
할 때가 있었던가 그저 남의 글을 받아 간직하고 있다 다
른 이에게 전달해주는 심부름꾼일 뿐 그게 믿음직스럽다
옳고 그름에 대한 판단도 그 어느 편의 감정에도 관여하지
않은 채 늘 그 자리에 가만히 서 있는 초병처럼 총을 들고
위압감을 주거나 술집 앞의 호객꾼처럼 수다스럽지도 않
은 전혀 없는 듯 서 있다가 필요할 때만 빨갛게 모습을 드
러내는 너의 존재감은 몇 년 전, 주운 지갑을 돌려주려고
어느 낯선 길에서 만난 게 마지막이었던 것 같다 이참에
손편지나 한 통 써서 너의 가느다란 입에 넣어주고 싶다
우체통과 나에게도 가을이 오고 있다

중앙동 이발소

포항의 명동이라 불렸던 중앙동이 겨우 목숨을 부지하다 꿈틀로라는 골목에 빨강 파랑 흰색 물감 빙글빙글 삼색 원통이 돌아가는 40년 가까이 된 이발소가 있다 가위질이나 손놀림이 정성스러운 이발사는 젊었을 때 시골에서 올라와 이발소에서 보조를 시작했고 허드렛일부터 머리 감기기, 면도, 머리 깎기의 단계를 밟아 얻은 일이 벌써 50년이 넘었다 비누에 솔을 문질러 만든 거품을 목과 귀 옆에 바르고 말가죽에 면도칼 쓱쓱 갈면서 내뱉는 이발사의 구수한 이야기에 귀가 즐거웠고 면도 후 칼에 묻은 거품은 신문지 조각에 닦아 버려야 옛날식이며 제격이다 타일 세면대에 머리를 숙이고 앉으면 긴 손톱으로 비듬 하나라도 남을세라 박박 씻겨 주었는데 그 개운함은 요즘 이발소에서 느껴 볼 수 없다 까까머리 시절 시골이발소 거울 위쪽에 밀레의 만종이나 이삭 줍는 사람 같은 명화가 걸려있고 옆에 있는 푸시킨의 시를 달달 외웠다 없어진 줄 알았던 허름한 이발소에 들어가 머리를 깎았다 칠순 넘은 이발사 가위 놀림은 더디지만 섬세했다 이발소 그림은 없었지만 흘러간 유행가 대신 클래식 음악에 삼색 원통이 힘겹게

돌아가고 있었다

대진 반점

손님들과 점심을 먹기 위해 찾아간 대진 반점은 만원이었
다 우리는 자리를 얻기 위해 번호표 받고 기다려야 하는
자장면과 군만두가 맛있는 집이다 점심시간이면 인근 사
무실에서 몰려드는 손님들로 해서 붐비는 집이어서 그런
줄 알았는데 그날은 초등학교 졸업식이 있었다 졸업식을
마치고 원탁에 둘러앉은 가족들의 얼굴마다 웃음꽃이 활
짝 피어 있었다 1960, 70년대 졸업식 최고 음식은 자장면
이었다 그 시절 가난한 부모님들이 마련해주던 축하 자리
였다 오래 기다려 자리가 났다 우리가 앉은 옆자리도 첫
째 딸의 초등학교 졸업을 축하하기 위해 젊은 부모가 마련
한 자리였다 우리 시대와 다른 풍경은 깐풍기, 탕수육 같
은 몇 가지 요리를 시켜 먹고 마지막에 후식 삼아 자장면
을 먹었다 맛있게 먹는 아이들의 모습이 부러웠다 우리에
겐 자장면이 전부였다 잠시 투정을 부리면 어머니는 지갑
을 몇 번이나 열어보다 자장면 곱빼기나 군만두를 추가로
시켜 주었다 중국집에 자장면 말고 맛있는 요리가 있다는
것은 밥벌이하면서 알았다 자장면만 있어도 배부르고 행
복했던 시간 졸업앨범을 뒤져 자장면 한 그릇에 열광하던

내 얼굴을 찾아보고 싶어 대진 반점에 간다

*
대진 반점은 포항시 북구 죽도동에 있다

월포 바닷가우체국

밤사이 꿈을 꾸었습니다 그저 꿈인 것 같다는 건지 꿈인지 생시인지 아리송하기만 나는 바다가 보이는 곳에 자리한 우체국에 일하는 사람은 혼자인, 도시 이웃에게 보내는 하지 감자와 말린 생선을 함께 포장하기도 하고 촌로들의 이야기 상대가 되기도 합니다 오후에는 이웃 구멍가게 아저씨에게 우체국을 잠시 봐달라 하고 자전거 타고 바닷길 씽씽 달려 강아지가 꼬리 흔들며 맞이하는 외딴집 할머니에게로 우편배달을 갑니다 가난한 아들은 어머니에게 전화를 놓아 드리는 대신 편지를 보냈고 나는 툇마루에 앉아 할머니에게 그 편지를 될 수 있으면 할머니 아들 목소리로 읽어드리려 애씁니다 편지 읽는 사이 아들인지 우체부인지 헷갈린 할머니가 끝내 내 손을 꼭 잡자 내 손과 목소리가 촉촉하게 젖습니다 내가 지금 꿈을 꾼 건지 이뤄지지 않는 소원을 다시 한번 새긴 건지 한적한 바닷가 마을 우체부가 더 어울린다는 것을 잘 알고 있기 때문에 지금이라도, 자전거 하나 마련해 달려가 그대 안부가 담긴 편지를 부치고 싶습니다

호미곶 등대

혼자 서 있어서 외롭다는 바다의 눈인 등대가 짙은 안개에
가려 빛을 잃을 때 울리는 무적霧笛은 사람 목소리로 비유
할 수 없는 슬픈 젓대 소리이고 외항선의 긴 뱃고동은 저
음의 베이스로 등대가 빛으로 어둠을 밝히고, 소리로 안개
속에 길을 내어 항구를 알리는 것은 외딴 곳에 혼자 서 있
는 등대의 외로운 힘에 의해 가능한 것 같다

나는 마디마디 날 선 그 소리에 눈물의 밑바닥까지 회오리
치듯 튕겨져 나와 막막해진다 1908년 12월에 첫 눈을 밝
힌 호미곶 등대는 위도 36°04'38", 경도 129°34'19"에서
동해바다 한 귀퉁이를 지키며 맑은 날 밤에는 15초에 한
번씩 번쩍 섬광閃光을 쏟아내고 안개에 숨어 바다가 우는
날은 취명吹鳴을 울린다 등대마다 무적의 고유 주기가 있어
호미곶 등대는 55초마다 5초간 슬프게 우는 그 울음은 불
빛처럼 멀리 나가지 못하고 목이 긴 한 마리 하얀 바다 동
물 같다

심장 깊숙한 곳에서 울음을 뽑아 올리는 고독한 짐승 같아

무어라 위로의 말을 건네고 싶지만 등대는 쉬지 않고 울고 바다와 등대의 거리距離가 안개로 슬픈 날, 내 속에서 덩달아 울리는 취명은 내게 아직 무슨 눈물이 남아 이 아득함에 젖게 하는지 자꾸 아득해진다

항구를 알리는 빛과 소리는 먼바다를 항해하는 어부들의 외로움을 달래주고 거친 바다에서 만선의 꿈을 싣고 무사 안전하게 귀항할 수 있는 단란한 식탁의 평화를 담보하는 빛과 소리를 품고 있는 호미곶 등대는 오늘도 무적을 울리고 아름다운 섬광을 보낸다

대전리 3·1운동
– 100년 전 그날, 청하장터에서

따뜻한 가배珈琲 대신 차가운 총구를 들어야만 했던 선조들은 100년 전 3·1 독립운동이 대구에 이어 경북 동해안 작은 포구 포항과 청하 장터에서 처음으로 일어났습니다 민들레 피고 애기똥풀 피고 동백꽃 다투어 피어나듯 함성과 태극기 물결이 붉은 피꽃으로 피어났습니다 벚꽃 지고 개나리 진달래 지던 날에도 뜨거운 함성으로 가득했던 그날, 온통 붉은 피꽃이 계속 피어나고 있었습니다 피다만 꽃들이 지는 날인 줄만 알았는데 그냥 지는 꽃이 아니고 온몸으로 저항하며 나라 위해 던져진 단단하고 고결한 꽃이었습니다 분노 가득한 함성과 태극기 물결이 잠든 민중을 깨우고 그들은 붉게 툭 떨어지는 동백꽃처럼 두려움 없이 목숨을 내던졌습니다 이처럼 목숨 걸고 만세 부르던 수많은 민초 꽃들은 스스로 결연하게 피었다가 해방이라는 감격의 꽃비를 뿌렸습니다 마음 벅차게 끓어올랐던 그날 고초를 겪다 형장의 이슬로 사라진 형제 누이를 눈 감고 떠올려 봅니다 꽃샘추위에 시린 코끝 쥐며 돌아 나오는 청하 장터에서 대한독립만세 목 터지게 외쳤던 함성이 귓가에 맴돌고 마을회관 확성기 통해 들려오는 삼일절 노래에

그만 눈시울이 붉어졌습니다

*
포항교회(현 포항제일교회) 장로 송문수와 최경성이 신도 이기춘, 영흥학
교 교사 이봉학, 장운환 등이 주도하여 3월11일 포항장(여천장)에서, 송
라면 대전리 교회 이준석·이준업 형제와 윤영복, 청하교회(현 청하제일교
회) 오용간, 교사 윤영만 등 22명이 3월 22일 청하 장날에 거사를 일으켰
다. 이들은 검거되어 모두 실형을 받았으며 옥사했다. 현재 포항에 3·1만
세운동 기념시설은 포항시 북구 송라면 대진리에만 있다.

포항함, 故 한주호 준위

故 한주호 준위, 동빈 내항 포항함에 세워진 당신 동상 앞에서 나는 거수경례도, 묵념도 하지 않았습니다 그 동상은 내가 아는 당신이 아니었고 어두운 그림자였습니다 평생 조국의 바다를 지키기 위해 복무하고 생명까지 바친 당신은 사랑하는 사람들을 향해 총을 겨누게 하였습니다 그건 내가 기리는 당신의 모습이 아니었습니다 나는 당신이 죽어서는 총을 들길 원하지 않습니다 행복한 가장의 웃음, 편안한 아버지 모습으로 추억되길 바랬습니다 당신의 죽음은 천안함 사고로 빚어진 비극이었지만 당신은 자신의 자리와 주어진 임무에 최선을 다한 명예로운 군인이었습니다 그렇기에 당신을 UDT의 전설이라 부르는 당신 얼굴은 너무 창백하고 차가웠습니다 당신에게 총을 들게 한 것은 누군가 자신들의 영웅심을 대변하게 하는 것은 아닌지 의문이 들었습니다 나는 당신의 사후가 평화롭길 바랍니다 당신이 살았던 푸른 바다를 거닐며 당신의 향기를 추모했고 당신을 키워낸 바다를 향해 필승이라는 거수경례를 보내고 돌아왔지만, 다시 봄이 오고 보리 피는 유월이 와도 나는 그 슬프고 아픈 동상을 찾는 일은 없을 것입니다

과메기 1

과메기를 먹으며 화해라는 말을 생각합니다 반으로 갈라진 채 매달린 꽁치가 추위에 얼었다 녹으며 진득해진 기름기 빼내며 머나먼 고향을 떠올립니다 그 누구 하나 눈길 주지 않던 시절 청어가 귀해지면서 꽁치가 그 자리 꿰차고 앉은 지금도 청어 대신 먹었다는 술안주라 상처 받아 뒷자리로 밀려 서러울 때 겨울이 빨리 오도록 오장육부 드러내며 천천히 말라 익어가는 사이 등푸른살 서로 맞대고 해풍에 흔들리는 덕장에서 핏기 빠진 내 몸 보듬고 가는 바닷바람에 영양가를 내 스스로 키웁니다 껍질 벗겨져 찢긴 살점은 입과 내장을 마비시키고 굳어버린 몸 일으켜 지새우는 며칠간은 꽁치로 지내다 미역, 마늘, 파, 초장이 너와 하나 되어 입으로 들어가 머리에서 발끝까지 서서히 몸 안으로 녹아버리는 숙성의 시간은 술독이 술독을 풀어주는 한 점 안주로 분해되어 갈 때 미세한 신경 구석구석을 자극하는 나는 따뜻한 안주임을 알아주는 사람을 좋아합니다 이 겨울 그대만의 작은 희열로 살아 내 몸속에 용서와 화해라는 말로 살아나는 날 고향으로 돌아가는 꿈을 꿉니다 이 겨울 가기 전에 과메기 앞에 놓고 안주 삼아 혼자 권

커니 잡거니 한잔 해야겠습니다

2부

왕대포집

나이 든 사람에게 잘 알려진 왕대포집은 포항의 노포老鋪다 이 집에 가면 자주 들을 수 있는 '가난한 시인이 시를 쓰다 소주를 마실 때' 라는 구절에 독한 술을 입에 털어 넣게 되는 '명태'라는 노래다

바다에서 잡아 얼리지 않고 직접 시장에 나오는 것은 생태, 갓 잡힌 선태, 말린 건태, 얼리면 동태, 고온 건조된 흑태, 3~4월 봄에 잡히는 춘태, 끝물에 잡히는 막물태, 음력 4월에 잡힌 사태, 오월에 잡힌 오태, 가을에 잡힌 추태, 명태를 말린 북어, 배 갈라 만든 짝태, 노란색이 나는 노랑태, 소금에 절인 간태, 반 건조 상태로 코를 꿴 코다리, 새끼 명태 노가리, 큰 명태 왜태, 어린 명태 아기태, 덕장에서 황태를 말릴 때 날씨가 따뜻해 물러진 찐태, 기온 차가 커서 하얗게 마른 백태, 수분이 빠져 짝딱하게 마른 깡태, 몸뚱이가 제 모양을 잃어버린 파태, 잘못 익어 속이 붉고 딱딱해진 골태, 머리를 떼고 말린 무두태, 유자망 그물로 잡은 그물태, 낚시로 잡은 낚시태, 주낙으로 잡은 조태, 원앙산과 동해안 명태 구분을 위한 진태, 간성에서 잡힌 간

태, 강원도에서 집힌 강태, 산란한 직후 뼈만 남은 꺽태, 명태가 지금처럼 귀한 어종이 되어서 금태, 명태알로 명란젓을 만들고, 명태의 창자, 알주머니 등으로 창난젓을 만든다

많은 이름을 가진 명태는 서민의 배고픈 속을 달래 준, 아침엔 국물이 시원해서 몸과 정신을 맑게 해주고 저녁에 얼큰한 탕은 추위에 언 몸을 시원하게 풀어준 국민 생선이었다 지금은 없어진 왕대포집이 그리워질 때 명태- 명태- 소리 높여 명태 노래라도 불러야 명태가 돌아올까 지금은 없어진 왕대포집이 그립다

기북 장날

낡고 오래된 장날이 되어도 장꾼이 오지 않아 쉬엄쉬엄 늙어가는 장터 주변은 시골 다방이나 농기계를 수리해주는 허름한 가게 즙을 짜서 파는 천막 가게가 전부인 2일과 7일이 되면 색소폰 부는 남자가 옵니다 들에서 농사일하다 잠시 나온 듯 군데군데 흙이 묻은 남루한 복장으로 낡은 의자에 앉아 해바라기를 하며 연주를 하는 저와 나이가 비슷할 것 같았지만 연주를 방해하지 않고 싶지 않아 통성명을 못 했습니다 주변 풍경이나 그 사람과 전혀 어울리지 않는 장터에서 부는 색소폰이지만 텅 빈 장터를 깨워주는 그 소리는 누구 하나 들어주는 사람이 없어도 익숙하게 정성껏 연주를 마치고 돌아갔다 시간이 나면 다시 나와서 색소폰을 붑니다 뽕짝이나 흘러간 옛 노래를 연주하는 건 아니고 코러스 넣어주는 반주기에 맞추어 클래식을 연주하기도 하는데 오늘은 그에게 초록 인사를 건네고 정중하게 여름 노래 연주를 부탁하고 싶은 기북 장날이 기다려집니다

포항세무서

지겹고 힘든 밥벌이를 그만둔 뒤 처음으로 종합소득세 신
고를 마치고 세무서를 나오던 그 해 6월, 세금이란 것이
무엇인지 해도 달도 별도 그리고 물과 바람도 종합소득세
를 내는지 누군가에게 물어보고 싶었습니다 웃음 한 되 울
음 두 되 희망 한 단 절망 두 단 향기 열 스푼 그늘 스무 평
₩은 다달이 낼까 반기에 낼까 아니면 일 년에 한번 낼까
혼자 중얼거리며 세무서 나오다 마주친 '세금은 국가 발전
의 초석입니다' 문구에 그냥 웃고 말았습니다

포항 운하

시나브로 어디서 불어오는 바람은 간절하게 귓밥을 만지고 달아납니다 건너편 대형 밍크고래 같은 공장 굴뚝에서 쉴 새 없이 뿜어대는 하얀 연기는 소름 끼치게 환상적이지만 동빈 내항 안에 억척스럽게 살아가는 사람들 그림자가 오락가락합니다 몸도 없이 영혼의 소리 내며 사라지는 바람과 달리 강은 소리 없이 흐느끼며 흐릅니다 바다와 만나는 강 하구는 허물을 벗고 새 몸을 만드는 또 다른 자궁 입니다 여기서 강이 끝나고 바다가 시작되면 바닷바람이 강줄기 타고 거슬러 올라 흐트러진 머리카락 날리며 유람선이 밀어내는 하얀 물거품이 바다 위에 갈매기 무리 지어 따라오고 스크루 소리는 으르렁거립니다 푸른 물결이 작두춤을 추면 갈매기 따라가는 눈이 햇빛에 파묻히고 몽환스럽게 맴돕니다 시야가 깜깜해지면서 시간이 환각으로 산산이 조각나고 멈출 수 있는 순간이 나의 영원한 공간인지 모든 것은 돌고 돌아서 본래의 자리로 찾아갑니다 바다 위 하얀 물거품으로 흩날리는 유람선 꽁무니, 시간의 포말이 우리 본래 자리로 찾아가는 집이 아닐까 나는 바다가 호수보다 마냥 크고 별보다 더 멀리 있는 줄 알았습니다 바다는 관념의 꽃처럼 피었다 지고 내면의 아득한 곳, 더 깊고 먼 곳에서 출렁이고 맵싸한 바람 소리가 포항 운하를 푸른 건반으로 만듭니다

오어사

한 사람의 도도한 일생에 사랑이 아프게 지나가듯 저 고요한 풍경 속으로 시간과 함께 사람이 아득히 지나갈 때가 있다 한평생 살아가는 사람에게 슬프고 기쁜 날이 있듯이 낡은 풍경에게도 밝은 날과 흐린 날이 있다 매일 변하는 사람의 마음처럼 풍경은 자연이라기보다 인정 있는 사람이라고 해야 할 것 같다 오늘 아침 늙은 풍경이 지나가는 밤에 잠깐 젊은 풍경을 보았고 풍경 속을 날아다니는 새는 아마도 원효와 혜공의 영혼이 아닐까 오랜 세월 땅 속에서 잠자던 동종銅鐘의 기다림이나 낡은 원효가 썼다는 낡은 삿갓을 바라보며 우리가 진실로 원하는 것이 무엇인지 그런 풍경에게 정중히 예를 갖추어 시작하는 아침 범종루에 범종이 없지만 오래도록 나를 깨우는 깊은 울림이 있다 햇살 가득한 법당 마루에 앉아 풍경風磬이 뎅그랑 하며 전해주는 바람의 말은 어떤 말보다 많은 뜻을 들려주는 고즈넉한 산사에서 듣는 훌륭한 법문이다 물가에 피어 있는 단풍이나 먼 하늘, 새로 놓인 출렁다리조차 밀어내고 산은 산대로 나무는 나무대로 각각 그렇게 생각에 잠겨 이제 막 태어나는 풍경을 기다리다 일어서지 못하고 묵언에 잠겨있다 잔

잔한 호수 너머 절은 숲에 가려 보이지 않는데 오어사 물
고기 설화처럼 지혜로운 향기가 멀리까지 따라 나와 배웅
해 주었다

청포도 여인숙

삶과 지리멸렬한 연애에 대해 궁구하다 청포도 여인숙에
몸을 풀자 지구별은 조금 가을 쪽으로 기울기 시작했고 나
의 몸도 기울었다 슬픔을 아프게 견디는 사람답게 나 혼자
도구 비행장 위를 돌고 있는 군용 비행기를 바라보거나,
옛 애인 사진을 꺼내 보다 해안가에 나가 소리 내어 울었
다 그 여인숙은 낮에만 따뜻했고 밤에는 온갖 부질없는 사
유들이 죽은 말들을 데리고 왔다 애인에게 편지를 썼으나
지구의 언어가 너무 멀었고 넘어진 자전거처럼 잠시 헛바
퀴를 돌고 있을 뿐이라고 알려주었다 갑자기 삶에 깃들인
내가 궁금해지기 시작했으므로 흔한 것은 추하다고 말해
주고 싶을 때 청포도 여인숙에는 청포도가 익어가고 있었
다

구룡포 일본가옥거리

구룡포에 가면 100여 년 전 일본인들이 살았던 일본 가옥
이 고스란히 남아있다 일제시대 일본인들의 거류지였던
구룡포 읍내 장안동 골목은 영화 속 한 장면처럼 아직도
일본풍이 물씬 풍기고 바다가 한눈에 내려다보이는 뒷산
에 공원을 꾸미고 돌계단 양쪽으로 일본사람이 세워놓은
비석에 이름을 새겨놓았었는데 일본사람이 떠나자 시멘트
발라 이름을 모두 덮어버린 비석을 거꾸로 돌려 그 자리에
구룡포 유공자 이름을 새겨 놓았다 돌계단에 앉아 골목을
바라보면 일제강점기 때 한국 속의 일본 흔적이 사라지지
않은 듯 오래도록 역사에 남겨야 할 현장 일본인 가옥 앞
에서 문화해설사는 말을 아꼈다 마음이 시키는 말 말이 시
키는 마음 낡은 미닫이 삐익 소리를 내는 동안 늦여름 햇
살이 늙은 개처럼 계단에 주저앉는다 백 년 전 다랑어 따
라온 섬나라 어부의 옛집 배고픈 사람 특유의 표정이 있을
뿐 바다를 훔치러 온 도적으로 보이지 않는다 무주공산無主
空山 닻을 내려 방파제 쌓는 동안 애착도 쌓였으리 이발소
건너 건어물 가게와 떠들썩한 요정을 지나 집집마다 전화
가 있던 풍어의 시절 들끓는 욕심에 멱살도 잡았으리라 떠

나는 날 정들어 삐걱이는 이 집들을 팔지 못했고 얼마 후
에 다시 돌아오마 하고 돌아간 지 육십여 년 지난 이곳에
뱃노래나 젓가락 장단 소리에 춤추던 다랑어 사라진 그 자
리에 추억을 먹으려는 사람들이 찾아오고 있다

포항물회

더운 날 생각만 해도 속이 시원해지는 물회가 먹고 싶다 생선회를 물에 말아 먹는다고 생각하면 맛의 답이 나오지 않는다 싱싱한 자연산 횟감이어야 한다 바닷가 사람들은 생선을 잘 알기에 금세 알아볼 정도로 씹히는 맛이 다른데 물컹물컹한 물회를 내놓다가는 까다롭고 입소문이 무섭다는 것을 알기 때문에 장사하기 어려울 정도다 물회에 사이다를 붓는 것은 쌍팔년도 식으로 물회에 대한 예의가 아니다 내 단골집 영업비밀이지만 물회 물은 맛으로 소문난 배를 갈아 만들고 얼큰한 맛을 내는 갖은 양념에 살짝 해삼이나 소라 몇 토막을 뿌려주는데 씹히는 맛이 일품인 유명 물회 식당 상호 대부분이 포항물회 아니면 부산물회다 재미있는 것은 포항에서는 부산물회가 부산에서는 포항물회 상호가 인기라는데 더운 여름 물회 한 그릇 싹 비우면 체온은 내려가고 기력은 올라가는 더운 날 물회를 먹어야 한다

동백꽃 필 무렵

오래 전 구룡포를 소재로 글을 쓴 적이 있습니다 먼지 폴폴 날리는 신작로 따라 시내버스 타고 구룡포에 처음 찾아간 것은 겨울 저녁이었습니다 남루한 일본인 가옥이 즐비한 포구 뒷골목에 방은 낡고 삐걱거리는 나무계단을 밟고 올라간 작은 다다미방 그 골목에는 해방 이전의 시간이 고스란히 남아 있었습니다 바다 쪽으로 난 창문 밖으로 촉수 낮은 파리한 조각달이 백열등처럼 켜져 있었고, 책과 원고지를 머리맡에 두고 저는 추위보다는 그 골목이 주는 스산함에 몸을 떨었습니다 밤새 잠들지 못하며 내 전생이 그 시간에 머물고 있는 듯한 환상에 아득해질 때 메밀묵 장수가 메밀묵 사려를 외치며 더 깊은 골목으로 휘어지며 사라지는 모습을 본 뒤로 구룡포를 사랑하게 되었습니다 일본인 가옥거리는 세월의 속도를 이기지 못했고 그냥 먼지로 주저앉아버릴 것 같았습니다 뒤늦게 이곳의 존재 가치를 안 사람들이 남아있는 일본인 가옥의 원형을 지키고 되살리는 일을 시작했다는 소식과 함께 찻집과 우동집이 들어서고 제법 근사한 거리가 만들어졌다는 이야기에 곧바로 달려가고 싶었지만 당신과 함께 여명의 눈동자를 찍은 그

거리를 동백꽃 필 무렵 맨 먼저 찾아갈 마음의 주소로 남
겨 두었습니다

KBS 드라마 '동백꽃 필 무렵' 에서 빌려옴

보경사

내 마음 자꾸 흔들어 대는 나 라는 놈 때문에 갈팡질팡하
다가 훌쩍 집을 떠난 초겨울 몇 안 남은 나뭇잎들이 나처
럼 간들대는데 내 차가 나도 모르게 나를 데려다 준 곳은
대웅전 연등처럼 피어있는 감나무가 나를 반겨준다 낮빛
환한 나무들은 여전히 초록 치마로 펄럭이는 적광전 앞 마
른 탱자나무는 열반에 든 지 오래 배롱나무는 벌거벗은 몸
으로 햇살에 간지럼 타고 문수암 쪽 붉게 물든 저녁노을
바라보다 공양한 뒤 범종각 앞에 모여 북과 종치는 소리
를 들으며 느린 저녁예불을 올린다 어둠이 밀려오는 따뜻
한 방 한 켠 얻어 더는 마음 흔들리지 않기 위해 가부좌 틀
고 앉았다 요 며칠 내 마음 갈팡질팡한 까닭을 묻고 묻자
자꾸 흔들어대는 나라는 놈 있으면서도 없는 놈 이놈아 하
고 내리치는 죽비 소리에 놀라 한 깨달음 한다는 것을 알
게 되었다 영험해 보이는 신을 찾아 간절히 두 손 모을 수
밖에 없는 운명 앞에서 우리는 차안此岸과 피안彼岸 사이를
정처 없이 오가며 때때로 난처해지기도 한다 빈곤한 마음
에 갇혀 허우적거리던 나는 겸재 정선이 다녀갔다는 연산
폭포 빈암으로 가는 꿈을 꾸었다 초겨울 한 순간도 살지

않은 것처럼 온전히 썩기를 바라는 나뭇잎처럼 사랑하고 기도하며 살고 싶다 나를 비추고 바라볼 수 있는 거울보다 더 반갑고 그리운 것들이 적멸에 든 보경사寶鏡寺 탱자나무처럼 용맹정진 묵언 수행하며 살아가고 싶다

몰개월 가는 길

어느 봄날 청림동 몰개월 바닷가 마을에 사는 여학생을 데려다 주기 위해 여럿이 동무해서 그 길을 처음 걸었던 세월이 흘러 그 여학생 이름도, 얼굴도 기억나지 않지만 그 길이 눈에 선합니다 우리는 언덕 위 삼륜三輪포도원 청포도 가득한 밭 사이로 난 좁은 길은 청포도밭과 쪽빛 바다가 내려다보이는 가슴 뛰도록 아름다웠던 그 선명한 한 장의 기억만으로 잠시 잊고 있던 몰개월 언덕 위로 비행기가 뜨고 내리는 청포도 익어가는 밭 사이로 난 길은 포장되었고 사람 사는 모습도 변했지만 바다는 그대로인데 단발머리 여학생은 지금은 어디에 살고 있는지 몰개월에 내린 첫서리가 느리게 우리 곁으로 찾아오고 있습니다

영월재

함월산 기림사에서 운제산 오어사까지 이어지는 아름다운 길을 오래 전에 걸었습니다 바람 따라 굽이굽이 돌아가는 신작로를 걷다 만난 약초꾼에게서 이 고개가 영월迎月재라 부른다는 이야기를 들었습니다 기림사가 있는 곳이 달을 품는 함월산含月山이니 달을 맞이하는 영월재가 있다는 것이 산과 고개가 정다운 오누이 같다는 생각하며 오랜만에 다시 그 길을 걸어 보았습니다

그사이 길은 포장이 되었다가 다시 낡아 가고 숨어 있던 길에 이정표와 14번 국도라는 이름표도 달았고 크고 작은 차들이 이어 달리는 빠른 길이 되었지만 더 이상 느리게 걸을 길이 아니었습니다 영월재 곳곳에 거대한 철탑들이 줄줄이 박혀 원자력에서 만든 전기를 철강공단으로 보내고 있었습니다

정체불명의 공장이 곳곳에 들어서 옛 모습을 찾으려 해도 보이지 않았고 저는 마음속 길 하나를 잃어버렸습니다 발이 아파 마음까지 아픈 몸을 끌고 되돌아오며 그 아름다운

이름 영월재는 내 마음에서 지워야 했습니다

머구리 이씨

일제 강점기 시절 구룡포 일대에 잠수부라 불렸던 머구리
와 해녀 모두 바다 속을 누빈 역전의 용사지만 알뜰살뜰
행복한 삶을 영위한 해녀와 달리 머구리는 죽음의 그림자
를 달고 살다 누구는 산소호스가 터지는 바람에 잠수병으
로 고생하다가 합병증으로 죽고 잠수병 없이 편안하게 간
사람은 보기 드물었다 해녀가 10m 잠수하는 초급이라면
머구리는 50m까지 들어가는 고급으로 배 위에서 펌프처
럼 생긴 천칭기天秤機에서 나온 긴 호스를 통해 산소를 공
급받았던 호스가 꼬이거나 끊어져 머구리 이씨는 죽을 고
비를 세 번이나 넘겼고 기절해서 죽기 직전에 올라온 적도
있었다 잠수복, 투구, 납추, 신발 무게까지 합치면 50킬로
그램이 넘기에 동생이 잠수복을 버린 적도 있었다는 이씨
는 결국 잠수병에 걸렸고 몸이 나으면 다시는 이 짓을 안
한다고 다짐했는데 또 물에 들어갔다 물밑이 저승인데 저
승에서 일하다 살아 돌아 왔으면 됐다고 말하는 이씨는 바
다를 원망하지 않았다 한때 머구리였던 노인들은 물에 들
어가면 몸이 가벼워지고 아픈 곳이 없어진다고 몸을 망가
뜨린 심해深海에서 위안을 얻는 이해하지 못할 상황을 그

들은 숙명으로 받아들였다 맨몸으로 닿을 수 없는 해저 세
계는 공포와 죽음, 자유와 풍요를 주는 야누스의 얼굴처럼
머구리들은 그렇게 용궁으로 돌아갔다

*
머구리는 잠수를 전문으로 하는 남자, 개구리의 옛말

연화재 공동묘지

이 땅에 산소를 가진 후손들은 한가위를 앞두고 벌초伐草를 서둘러야 합니다 어린 시절 할아버지 따라다닐 때 한가위 벌초는 음력 칠월이 끝나기 전에 마쳐야 한다고 지난 주말은 묘지가 있는 곳에 풀을 깎고 주변 정리하는 풍경이 산골짝마다 벌초하는 모습을 볼 때마다 이 나라에 얼마나 많은 효손이 사는지 눈물이 납니다 올해는 비가 많이 내리지 않았지만 풀이 무성했고 벌초하기 전에 돌아가신 조상분들께 '풀 좀 치우겠습니다' 하고 문안인사 올렸고 풀 속의 풀벌레들에게도 '잠시 피했다가 오거라' 하고 생전에 윗어른이 가르쳐 주신 일입니다 산뜻하게 이발을 마치고 산소 주변을 걷다 잠시 어린 시절에 떠올립니다 가을 햇살에 먹는 음식과 풀 냄새가 향수를 자극하듯 무연고 연화재 공동묘지에 벌초하고 술 한잔 올리러 가야겠습니다

*
연화재 공동묘지는 포항시 북구 용흥동에 있다

62

영일만 갈매기

푸른 바다에 하얀 갈매기들이 여름철 내내 사람들에게 바다를 내어주고 가까운 산속 저수지에서 지내고 있는 걸 보며 사람들이 갈매기를 쫓아냈다기보다 갈매기들이 잠시 바다를 사람들에게 양보를 했다고 갈매기에게 물어보면 그래 맞다 하며 끼룩끼룩 울어줄 때 바다가 제 모습을 찾기 시작하면 사람들 그림자 피해 먼바다로 나갔던 착한 물고기들이 가까운 해안으로 돌아오고 발길에 짓물러진 모래밭도 파도에 쓸리며 편안한 제 몸을 찾습니다 모래밭에 새겨진 사랑의 발자국과 이름도 서서히 지워지고 여름 내내 뜨거웠던 마음의 서랍을 정리하며 뜨거워서 짓물러진 시간을 닦아내고 풀꽃, 별, 눈물 그런 착한 말들과 벗어 둔 신발 가지런하게 놓아두고 그 자리에서 그대를 기다리겠습니다

동해바다, 윤슬

형산강 건너 푸른 영일만 바다는 끝없이 눈부시게 푸르고 오래 기다렸던 바다입니다 동해에서도 동쪽 동면, 겨울이 남아있는 그 따뜻한 바닷가에 여장을 풀자 무량한 햇살에 간지러워 바다가 뒤척입니다

바다가 반짝반짝 뒤척일 때마다 잔물결이 일고, 잔물결이 되받아 비치는 저 햇살을 윤슬이라 부르고 그 반짝이는 빛에 묻어나는 봄을 읽습니다 바다로 난 창문으로 훅 들어오는 저 내음은 분명 푸른 내음일 것입니다.

푸른 바다 내음 맡으면 제 영혼까지 파랗게 물들일 수 있을 것입니다 바다가 보이는 언덕엔 오래된 청포도 나무가 서 있습니다 꽃이 피고 열매를 맺으려면 아직 멀었지만 저는 봄 햇살에 눈멀어 가지마다 꽃이 피어 청포도 향기가 나는 듯합니다

이육사는 '슬프고도 애달픈 마음을 맨 처음 공중에 달 줄을 안 그'가 누구인지 궁금했지만, 저는 먼바다에서 돌아

오는 사람을 위해 맨 처음 손수건을 흔들었던 아름다운 사람이 누구였을까 궁금해집니다 오늘은 오는 봄을 향해 손을 흔들기 위해 제가 나무처럼 그 언덕에 서서 동해바다가 윤슬처럼 빛나는 꿈을 싣고 우리에게 오고 있는 봄입니다

포항 멸치

포항 바다에서도 멸치가 잡힌다는 사실을 알았다 선창 후미진 곳 오두막에서 희미한 불빛과 함께 하얀 연기가 피어올랐다 이 밤중에 작은 창고 안에서 무슨 일이 있는 것일까 잠시 후 어머니가 막 삶은 멸치를 채반에 담아 나왔다 가로등 아래에 여러 개의 채반이 널려 있었다 선장은 화덕 위에서 멸치를 삶고 그 아내는 삶은 멸치를 채반에 담아 널고 있었다 멸치잡이로 평생을 살아온 노부부는 조심스레 오두막집 안으로 들어서니 하얀 수증기 사이로 남편이 은백색 멸치를 가마에 붓고 있었다 펄떡이던 멸치들은 솥 안으로 미끄러졌다 부뚜막 아래 바구니에서 차례를 기다리던 멸치도 낌새를 알아차렸는지 펄떡거린다 여름밤 반짝거리는 풍경이다 우리나라 사람들이 가장 사랑하는 멸치도 생선이다 등마루는 검고 배는 희며 비늘이 없고 아가미가 작다 장마철 만나 썩어 문드러지면 밭에 거름으로 쓰는데 잘 삭은 분뇨보다 낫다 해서 어비魚肥로 사용했다 배는 은백색이며 등은 암청색으로 위턱이 아래턱보다 긴 멸치는 행어, 잔어, 멸오치, 몃, 멸, 멸치, 명아치, 메르치, 멧치, 메레치, 열치, 잔사리, 추어, 돗자라기, 시화 같이 여러 이름으로 불렸다 물고기 몸집에 비하면 엄청나게 많은 알을 일 년 내내 낳는다 산란 후 하루 이틀이면 부화를 하고 잡혀먹기 전에 빨리 자라야 하는 생존전략을 고추장에 푹 찍어 먹으며 멸치에서 지혜를 배운다 작지만 뼈를 가졌기에 뼈대 있는 생선이라 으슥하는 포항 멸치가 귀엽다 그릇 안에 담긴 멸치를 물끄러미 바라보며 푸른 바다 헤엄쳤을 멸치를 상상해 본다

3부

제일국수공장

구룡포시장 안에 국수가락이 마술처럼 뽑혀 나오는 제일
국수공장이 있다 굵기도 다양한 국수가락을 빨래 널 듯 널
어 말린 다음 일정한 크기로 잘라 팔고 있는 이 집은 소금
간 배인 듯 짭짤하다 발동기 대신 전기로 국수기를 돌렸던
옛날엔 방앗간 지붕 바로 밑까지 올라가 있는 굴렁쇠와 피
대皮帶로 연결되어 굴렁쇠가 돌아가면 굴렁쇠와 이어져 있
는 축이 돌아가고 여러 굴렁쇠에 피대를 걸어 떡쌀과 고춧
가루, 국수 빼는 기계를 돌렸고 작업이 끝나면 피대를 기
다란 나무막대기로 끼워 훌러덩 벗겨내는 것이 마술사 같
다 8자로 출렁이며 서로 부딪히며 내는 파도 소리는 이젠
추억의 굴렁쇠가 되었다 국수 빼는 일은 쉽지 않다 밀을
곱게 빻아 물과 소금간을 해서 넓적하게 눌러 두꺼운 천같
이 되면 가느다란 홈이 있는 롤러 사이를 빠져나온 국수가
락은 습기가 많아 사내 불알처럼 축축 늘어졌다 그걸 어른
팔로 두 팔 정도 되게 끊어 대나무 걸대에 널어 말리면 되
었다 지금은 힘이 너무 들어 밀가루를 사다가 반죽해 옛날
방식으로 만들어 판다 롤러 간격이 조금 넓으면 칼국수로,
좁으면 비빔이나 잔치국수용이 나온다 1인분 무게를 정확

히 달아주는 투박한 추저울이 주인 할매 손마디를 닮았다
겨울철 하늬바람 불 때 국수 맛이 좋다는 제일국수공장 앞
에서 나도 한 그릇 국수가 되고 싶다

송도 바다

강이 혼자 말했다 하루라도 흐르지 않으면 안식처인 바다를 잃는 것이라고 어디쯤 또 다른 내가 서성이며 기다리고 있을 거라고 그렇게 강이 흘러왔다 해마다 꽃이 피고 지듯 별이 빛나는 것처럼 강은 매일 나에게 흘러왔으나 나는 스스로 강이라는 생각을 하지 못했다 초록이 지치면 단풍이 들 듯 강물이 다 한 곳에 바다가 열린다 한 순간도 멈추지 않고 이승의 세월을 흘러야 하는 물줄기라는 것을 나는 이미 강이었고 기필코 바다에 닿아야 한다는 송도 바다는 소멸과 탄생 생명과 죽음이라는 무진법문無盡法門을 쏟아낸다

털신

겨울나기 위해 청하장에서 털신 한 켤레 샀다 털신이라 털
이 있긴 있는데 발목 부분 위에 누런 털이 달려있고 몸통
은 검은색 비닐이다 겨울이 오기 전에 장만하는 털신이지
만 나는 그 털의 정체를 모른다

시골 할머니나 절집 스님들이 즐겨 신는 그 신발이다 장터
에 있는 하나뿐인 신발가게에서 부르는 이름은 방한화防寒
靴이다 털신을 사서 집안에 놓아두면 발이 후끈후끈해지는
기분이다

이제 눈이 와도 얼음이 얼어도 미끄러지지 않고 걸어 다닐
것이다 겨울에 신을 두꺼운 양말을 미리 계산해 내 발 크
기보다 조금 넉넉한 것을 사야 한다 마실 다닐 때도 시내
에 나갈 때도 서울 나들이에도 신고 간다

신기해하는 서울 촌놈에게 털신을 선물했더니 사무실에서
실내화로 신기 좋다고 했다 털신은 비닐로 만들어 따뜻한
신발은 아니다 그 답은 이름에 있다 털신 그 이름만으로도

마음이 따뜻해지고 발보다 마음이 따뜻한 고향의 신발이
다

상옥 마을

산비탈 아래 굴뚝 연기가 피어 오르는 상옥 마을에 가면
저녁밥 지어놓고 사립문에 나와 자식들 이름을 부르던 어
머니의 걸걸한 목소리가 듣고 싶고, 저녁 먹고 밥값 한다
고 먼지 날리는 신작로 마지막 버스 꽁무니 향해 컹컹 짖
어대던 누렁이가 그립다 늦은 밤 고적한 뜰에 시래기 다발
어지러운 마루에 백지처럼 텅 빈 마당에 뒤꼍 장광 크고
작은 항아리에 윤슬처럼 반짝이던 달빛을 보면 그리운 것
들 뒤에 두고 너무 멀리 걸어왔구나 싶을 때 별똥별 떨어
지는 것을 보고 싶다

*
상옥마을은 포항시 북구 죽장면에 있다

영암도서관

영암도서관은 오랜 역사를 간직한 책의 숲이고 밀림이고 우주다 책을 읽고 싶지만, 책 고르는 일이 쉽지 않다고 말하는 사람이 있다 책 읽어라 책 읽어야 한다는 말은 자주 듣지만 혼자 독서의 길을 개척하는 건 구도의 길을 가는 일만큼이나 어렵다 자신에게 필요한 책을 적절하게 고를 기회보다 개별적 노선을 설정하고 나아간다는 게 성자가 되는 길만큼이나 어려울 수밖에 없다 참다운 책 읽기를 해야겠다는 생각이 들거든 마음 가다듬고 자신의 진정한 관심 분야가 무엇인지 그것부터 생각해야 한다 책은 남에게 내세우기 위해서가 아니라 나를 위해 읽는 것이다 타인과 다른 독서 목록을 가진 사람은 시류와 무관한 탐구의 길을 걸어 자기 존재의 우주적 연결고리를 확인하게 되고 그 지점에 이르면 서로 다른 모든 지류가 하나로 만나 지혜를 얻게 된다 그대는 지금 무슨 책을 읽고 있는지 묻고 싶다

*
영암도서관은 포항시 남구 상도동에 있다

포항시립화장장

오랫동안 소식이 없는 벗들한테 오는 소식은 죽었다는 소
식만 온다 소식이 없으면 살아있는 것이다 벗의 부음을 듣
고 달려간 화장장은 정문부터 영구차와 버스들이 밀려 있
고 유족들은 침통한 모습으로 관棺이 전기화로電氣火爐 속으
로 들어가는 것을 지켜보고 있다 들어간 화로 번호에 적힌
고인 이름 밑에 소각이라는 붉은 문자 등이 켜지고 40분
쯤 지나니 소각 완료, 10분쯤 뒤엔 냉각이라는 글자가 켜
졌다 이내 없어졌다 냉각이 완료된 잠시 후 한 되 반 정도
되어 보이는 뼛가루를 봉투에 담아 유족들에게 나누어 주
자 미리 준비한 용기에 담아 목에 걸고 천천히 빠져나갔다
뼛가루는 흰 분말로 흐린 기운이 스며든 입자가 너무 고와
먼지처럼 보였다 그 어떤 질량감도 느껴지지 않는 흔적이
나 그림자 같은 그 가루의 침묵은 완강했고 범접할 수 없
는 적막 속에서 가족과 세상과 이웃들로부터 천천히 이별
할 때 남은 사람들 슬픔이나 애도와는 관련 없이 그저 편
안해 보였다 사람은 그저 죽을 뿐 죽음을 경험할 수 없다
는 걸 몸으로 느끼고 삶의 무거움과 죽음의 가벼움을 떠올
리며 세수하고 면도하듯 그렇게 가볍게 가야겠다 생각했

다 죽음은 쓰다듬어 맞아드려야지 싸워서 이겨야 하는 대
상이 아님도 알았다 가볍게 죽고 가는 사람이나 보내는 사
람 모두 가벼움으로 돌아가는지 뼛가루 보면 알 수 있을까
먼저 하늘나라로 떠난 벗을 생각하며 하늘을 올려다보았
다

*
포항시립화장장은 포항시 북구 우현동에 있다

제철소 용광로

한여름 일제히 켠 에어컨이 밖으로 내는 열기가 에어컨 없
는 집을 더욱 덥게 만든다는, 이 땅에 흐르는 눈물의 총량
은 같다던 말이 떠오른다 폭염의 총량도 같으니 나를 시원
하게 하는 건 누구를 끓게 하는 스스로 경험치를 얘기하는
것이니 내 식으로 말하자면 에어컨이 보살이다 더위를 쫓
으려 에어컨을 켜면 밖으로 뿜어내는 열기가 고스란히 나
무와 화초에게 화덕 속 불바람처럼 들이닥친다는 걸 알게
되면서 나 하나 위해 저들을 괴롭히는게 마음이 쓰여 자
연 바람으로 버텨보자 다짐했다 여름 징역살이가 겨울보
다 더 끔찍한 까닭은 서로 뿜는 몸의 열기가 다닥다닥 붙
어 자는 잠을 괴롭히기 때문이라고 인간이 인간에게 무엇
이 필요한지 길항拮抗 같은 것들이 떠오르는 제철소 용광로
가 있어서 더 덥다는 포항의 폭염도 경전이다

경북수목원

어린 시절 마당에 멍석자리 깔고 누워 어머니나 할머니 무
릎 베고 누워 밤하늘에 긴 꼬리 그리며 떨어지는 별똥별
보며 소원을 빌었지요 그땐 일어서서 손을 내밀면 별이 그
렇게 멀지 않았고 사다리 놓고 조금만 더 올라가면 별에
닿을 것만 같았지요

요즘 아이들은 엄마 아빠 손을 잡고 천문대에 가서 천체망
원경으로 별을 찾기도 하고 하늘의 별자리도 척척 알지요
우리에게는 꿈이었던 별이, 아이들에겐 과학이 되었던 어
린 왕자 이야기를 믿으며 지금도 밤하늘 어느 별에 살고
있을 것이라 믿지만 아이들에겐 아름다운 동화일 뿐이지
요

저는 아이들이 별을 통해 꿈을 가지지 못하는 것이 안타깝
고 지금 보이는 별이 몇 광년을 지나서야 지구에 닿는다는
별 중의 별이 사라진 별도 있다는 걸 어른에게 가르쳐 주
기도 하지요

반딧불이 반짝이는 여름날 아이들 손 잡고 경북수목원에
가서 과학의 별이 아니라 동심의 별을 보며 아이들 꿈을
키워 주면 천체망원경으로 별을 보는 것이 아니라 어린 두
팔 높이 내밀어 별을 잡게 하여 별이 먼 곳에 있는 것이 아
니라 바로 저기 있다고 말입니다

*
경북수목원은 포항시 북구 죽장면에 있다

다무포 고래마을

바다로 나가지 못하는 날 다른 고래보다 다양한 소리로 노래 부른다는 혹등고래 소리는 직접 들어보지 못했고 인터넷에서 들은 적이 있다 아직 듣는 귀가 부족해 울음과 노래를 구분하지 못하고 모두 울음소리인 듯 슬프게만 들린다 소리 속에 즐거운 혹등고래 노래가 애잔하고 쓸쓸하게 마음을 적신다 해마다 해국이 필 즈음 태평양 하와이에 혹등고래가 수천 마리씩 몰려와 노래를 부르는데 사람으로 치자면 하이소프라노 고음부터 베이스 저음까지를 다 소화해낸다고 한다

다무포 고래마을에서 혹등고래를 기다리며, 라는 시를 쓰고 노래로 만들고 싶다

*
다무포 고래마을은 포항시 남구 호미곶면에 있다

과메기 2

차가운 동해바다 해풍이 토닥거리며 스치고 지나갈 때 소
리 없이 비명을 지른다 겨울 한 철 제대로 바람과 추위를
만나 서로 화해하고 싸우며 익어가는 아름다운 몸매를 가
꾸고 있다 기름끼 쪽 빼고 몸 말리기에 최선을 다하는 모
습에서 남다른 열정을 배운다 아낌없이 베푸는 과메기에
게 손 모아 경배를 올린다 따뜻한 솜이불이라도 덮어주고
싶다 술꾼들 속을 달래는 발효의 꿈을 꾼다, 이 엄동설한
에

흥해 들녘

흥해 들녘에 서면 참 허전합니다 무언가 빼곡히 심겨 있으면 제 역할을 다한 듯 아주 푸근하지요 서리 내리는 요즘 밭에 남아 있는 건 추위에 조금 강한 김장 배추뿐입니다 가을 가뭄이 심했는데 고맙게도 잘 커 주었고 더 추워지기 전에 수확해서 시장으로 내보내면 긴 휴식에 들어갑니다

논도 밭도 이제 유채색에서 무채색으로 돌아가 겨울 동안 얼고 녹고 되풀이하면서 또다시 생명을 잉태하기 위해 자신의 몸을 단련합니다 쉼 없는 생명의 꿈틀거림으로 얼마나 숨이 가빴을까 보이지 않는 작은 움직임으로 큰 생명력의 한 톨을 만들어내기 위해 인간을 위해 보내는 헌신의 포용력을 우리는 얼마나 느끼며 사는지 모릅니다

들녘이 옷을 벗자 나무와 산이 벗어내는 옷이 땅으로 쏟아져 자신의 자양분으로 다시 되돌아갑니다 누군가는 나무가 자신의 옷을 다 벗은 모습을 보노라면 허파 모습을 닮았다고 나무를 지구의 허파라고 부릅니다 사람이 숨 쉬는 산소를 아낌없이 내뿜고 있으니 말입니다 자신의 옷을 다

벗지 않으면 겨울에 내리는 눈을 떠안고 서 있질 못한다고
옷 벗어 가볍게 자신을 갖춰놓아야 가지와 줄기가 부러지
지 않는다며 때가 되어 비워둘 줄 아는 나무의 지혜, 다시
채우기 위해 비워두는 들녘의 휴식은 작지만 큰 가르침입
니다 아등바등 가지려고만 하고 자신의 그릇 크기는 생각
지 않는 우리의 욕심이 부끄럽습니다

살면서 가장 소중히 지키며 살아야 할 하루도 없으면 살
수 없는 것이 곁에 있지만 느끼지 못하는 것들에게 눈길
주면 꿈틀하는 저 작은 지렁이처럼 소중하지 않은 것이 없
습니다

제철소 사람들

뜨거운 여름날 불 앞에서 묵묵히 일하는 제철소 사람을 보면 붉은 장미가 생각난다 제철소에서 철광석 녹여 쇳물 만드는 사람들이나 대장간에서 시우쇠를 다루어 연장을 만드는 대장장이는 노동으로 땀을 흘리는 여름에 꽃 피우는 장미 같은 사람 에어컨 찬바람 앞에 앉아서 나무 그늘에 누워서 여름을 보내는 사람에게서 맡을 수 없는 철 내음과 해풍에 실려 오는 싱싱하고 건강한 소금 같은 땀내가 난다 여름철 땀 흘리는 철인鐵人이여 그 땀에서 뜨거운 쇳가루 내음을 맡는다 바닷물을 햇살로 증발 시켜 만드는 염전의 소금처럼 빛나는 산업의 쌀을 만들기 위해 땀 흘리는 이 여름 가장 아름다운 사람들 그 땀에서 피어나는 장미 같은 사람의 꽃을 본다

사과꽃 피는 저녁

누님, 사과꽃이 피었다는 편지 속에 꽃피는 과수원을 모두
담아 보냈는지 편지 봉투를 여니 제 눈앞에 신기루처럼 하
얀 사과꽃으로 덮인 과수원이 펼쳐집니다 누님의 눈물 같
은 꽃 향기를 맡으며 눈을 감고 누님의 사과꽃을 만나러
갑니다

마지막 버스에서 내려 사과밭 사이를 돌담으로 이어진 마
을 안 길을 천천히 따라가다 산자락에 미사보를 펼쳐놓은
듯, 하얗게 꽃을 피운 누님의 사과 과수원을 봅니다 삼월
보름, 만월의 달빛을 받아 빛나는 사과꽃 피는 저녁에 숨
어 울고 있을 누님의 눈물방울이 선명하게 보입니다

저는 누님이 가진 것을 모두 포기하고 사과 농부가 되었는
지 속 깊이 알지 못합니다 짓궂게 꼬치꼬치 물을 때마다
세상에 사과할 일이 많아 사과나무를 심는다고 말하는 뜻
을 헤아려볼 뿐입니다

내일 지구의 종말이 와도 오늘 한 그루 사과나무를 심겠다

는 철학자보다 사과나무 심고 사는 누님은 사과꽃은 나무
가 피우는 것이 아니라 사람이 피운다는 것을 가르쳐 주었
습니다 세상은 아직도 사과가 붉게 익어 주렁주렁 달릴 때
를 즐거워할 뿐 사과꽃이 피는 아름다움을 알지 못해 안타
까울 뿐입니다

귀신고래

현상금이 걸린 고래가 있다는 것을 아시는지요 사진이나
동영상을 찍어 확인이 되면 오백만 원, 생존은 물론 혼획
이나 좌초된 고래를 신고하면 천만 원의 포상금을 준다는
귀신고래Korean Gray Whale이란 이름을 가진 귀한 고래입니
다

몸빛은 어두운 회색이고 몸놀림이 귀신처럼 빨라 사람들
은 귀신고래라 불렀고 한반도 연안을 찾아와 미역을 뜯어
먹으며 어린 새끼를 키웠지만, 일제강점기 에 멸종되었다
1967년 마지막 발견 이후 40년이 넘게 돌아오지 않고 있
는 귀신고래가 돌아왔다는 감격스러운 낭보를 기다리며
오늘도 귀신고래 찾는 꿈을 꿉니다

쇳물백일장

백일장이란 이름을 들으면 가슴이 뜁니다 원고지를 받고 조마조마한 마음으로 시제詩題를 기다리는 어린아이 마음이 됩니다 나를 글 쓰는 사람으로 만든 것은 백일장 몫이 큽니다 초등학교 때 대회에 나갈 대표를 뽑는 백일장에 선발되지 않았다면 나는 글 쓰는 사람이 되지 못했을지 모릅니다 백일장은 나를 꿈꾸게 했고 나의 습작기는 백일장에서 담금질 되었습니다 이제는 너무 흔한 행사가 된 백일장에 대해 말들이 많지만 나는 찬성에 손을 들고 싶습니다 오랜 역사를 앞세우지 않아도 백일장에는 꿈이 있습니다 글쓰기가 외면당하는 시대에 문학을 꿈꾸는 사람들이 있습니다 저마다 원고지를 받아 들고 주어진 제목에 대해 진지한, 골똘한 표정으로 한 줄 한 줄 꿈의 칸을 채워나가는 어린 문사文士들을 보면 문학의 씨앗들이 발아되는 것 같아 감동적입니다 예전엔 학교마다 한글날 기념 백일장이 열렸습니다 한글날을 기념해 모국어의 소중함을 가르치고 숨어있는 문학의 인재를 발굴하는 연례행사였습니다 이제는 학생들 공부에 도움이 되지 않는다는 이유로 백일장이 열리지 않습니다 문학과 전혀 관련 없어 보이는 차가운 철

을 만드는 기업에서 이십 년 넘게 후원해 온 쇳물백일장이
얼마나 귀한지 포항의 글 향기는 늘 맑음입니다

영일만 친구

바다가 마당인 친구 집에서 여름 한 철 보내며 해 뜨는 아침에 잠 깨고 해지는 저녁에 파도 소리 들으며 잠이 들었습니다 바다와 나 사이엔 얇은 문풍지 한 장이 횡격막처럼 놓여 있어 파도가 마당에 밀려왔다 쓸려갈 때마다 내 영혼이 빠져나가는 아뜩한 현기증이 일었습니다

밀물과 썰물이 달과 태양이 지구를 잡아당기는 인력 때문이라 배웠지만 그보다 더 먼 곳에서 사람의 영혼을 부르는 절대자의 손이 있을 것이라 믿었습니다 마루 끝에서 까치발로 서면 아스라이 수평선이 보이고 먼바다로 왕래하는 배를 보며 돌아오는 것보다 떠나는 일에 가슴이 뛰었습니다

지구본을 놓고 아프리카 대륙 희망봉까지 바닷길을 찾고 저 먼 케이프반도 맨 끝을 돌아가는 삼등 항해사가 되고 싶었습니다 그리스인 조르바를 밑줄 그으며 읽던 나는 그 마당에서 시작하는 열망의 바다를 향해 짐을 꾸렸습니다 그땐 떠나는 것이 돌아오는 일이라는 것을 몰랐습니다 바

다가 마당인 영일만 친구 집은 여전히 잘 있다고 영일만
친구 막걸리와 함께 안부를 물어왔습니다

모리국수

구룡포에는 아는 사람만 아는 모리라는 국수가 있다 그 옛
날, 마치 눈이 내린 듯 고기 비늘 쌓인 어판장을 걸어가면
장화가 푹신푹신 빠졌고, 집어등 밝힌 포구는 밤낮없이 드
나드는 배들로 불야성 이루던 시절 한 끼 귀한 음식이나
술안주였던 모리국수다 모리라는 이름은 여러 가지 제철
생선을 넣고 고추장, 고춧가루 풀고 국수를 넣어 푹푹 끓
여냈더니 그 맛이 얼큰하고 시원하기 이를 데 없어 자꾸
이게 뭐냐고 묻기에 할매가 "내도 모린다"해서 모리가 입
에서 입으로, 일제 강점기 구룡포에 일본 뱃사람들이 고된
뱃일을 하려면 많이 먹어야 했기에 많이 달라는 것에서 모
리란 이름을 얻었다는 이야기가 전해진다 이 모리를 먹겠
다고 사람 서넛 모아가면 그때야 도마질 소리와 구수한 냄
새 가득한 한 아름 되는 양은냄비는 어찌나 끓이고 닦았
는지 반질반질하고 나이 먹어 여기저기 찌그러진 굵은 주
름이 가득한 그 냄비에 굵은 콩나물 깐 뒤 생선, 대게 앞다
리, 소라 올리고 마늘 많이 찧어 넣고 푹푹 끓이다 국수 한
줌 넣고 고추장, 고춧가루 다시 풀어 한소끔 끓이면 되는
몸이 힘든 일을 하는 사람들이라 아무래도 술을 많이 찾는

데 속도 풀고 요기도 되는 이름만큼이나 모양도 맛도 재미난 음식이다 가까운 국수 공장에서 막 뽑아낸 가락국수를 가져와 넣으면 국물은 국물대로, 국수는 국수대로, 뜨거우면 뜨거운 대로, 퍼지면 퍼지는 대로 커다란 냄비에 끓여진 모리를 원형 탁자 가운데 딱 놓으면 좁은 가게는 이내 김으로 뿌옇고 손잡이 눌러 붙은 낡은 국자 넘치도록 떠서 후후 불며 둘러앉아 한겨울에 먹으면 그 진가가 어판장 고기 비늘처럼 빛난다 창밖에 주먹만 한 눈이라도 펑펑 쏟아지는 날, 김장김치 죽죽 찢어 먹는 그 맛은 세상 부러울 게 없는 구룡포에서 만나는 사람마다 붙잡고 보물찾기하듯 모리 국숫집 찾아 꼭 한 그릇, 아니 한 냄비 먹고 간다면 세상살이에 허해진 속이 군불 땐 아랫목처럼 따뜻하게 데워질 것이다

4부

보리누름

바다가 보이는 호미곶 구만리 보리밭에 가면 누렇게 참 잘 익었다는 말이 감탄사처럼 절로 나옵니다 벼가 익어 만드는 황금빛과 보리가 익어 만드는 황금빛에는 색도의 차이가 있지만, 바라보는 것만으로도 사람을 행복하게 만드는 빛깔인 것에는 크게 다를 바 없습니다

그것이 욕심 없이 배부른 빛깔이라 잘 익은 것에 대해 우리는 흔한 비유로 황금빛이라 광산에서 캐낸 금은 원자번호가 79인 단단한 귀금속이지만 아우라가 다른 노랗게 잘 익은 보리는 살아있는 예술입니다

저 보리가 추운 겨울을 지나 풋풋한 청보리의 시간을 보내고 수확의 마침표 찍는 시간을 지켜보면서 보리의 수난 시대를 다시금 실감할 수 있는 것은 보리농사는 입동 절기 무렵 씨를 뿌려놓으면 그만입니다 보리밟기나 풀 매기는 물론 보리가 익기를 기다리지도 않습니다 청보리 무렵 보리 이삭을 포함한 전부를 싹둑 베어 가축 사료로 사용하기 때문입니다

보리가 익을 때까지 꼿꼿하게 서 있기가 더 어려워졌고 잘 익은 보리밭 구경이 점점 힘들어집니다 보리가 패고 누렇게 익어가는 철을 보리누름이라고 합니다 보리가 익지 않고 사라진다면 보리누름, 이 아름다운 말도 사라질 것입니다

영일대에 핀 살구꽃

영일대 해수욕장 쉼터에 이미 지고 없어야 할 시절 갑작스럽게 핀 분홍 살구꽃에 놀라 한참을 바라보았습니다 만개한 살구꽃 두 그루 중 비바람에 넘어진 한 그루는 뿌리가 없어 거리에 설치한 납작한 나무판 위에 박혀 있었고 누군가 나무를 일으켜 세운 것을 보고 속은 듯한 기분에 쳐다보고 싶지 않았습니다 봄꽃들 모두 지고 푸르른 풍경으로 치닫는 시절에도, 분홍 살구꽃이 화사하게 피어있는 것이 오히려 안쓰럽게 느껴진 건 꽃이 떨어져야 할 때 지지 못하고 죽어야 할 때 죽지 못하는 운명처럼 꽃들은 늙지 않는 시간을 풀며 바람에 흔들리고 있었습니다 쉼터에 이 살구나무를 세워놓은 까닭이야 알 수 없겠지만, 저 살구꽃과 쉼터는 늘 피어있어야 하는 점에서 닮았습니다 자기를 위해 꽃피우는 것이 아니라, 남을 위해 언제라도 꽃을 피워주는 살구꽃이라면, 쉼터의 본분에 맞는 살신성인 정신을 지닌 존재입니다 생명이란 오직 변덕과 변화와 무상과 죽음으로 흩어지는 것이기에 저 꽃은 우리보다 더 충직하다고 말할 수 있습니다 우리가 가버린 뒤의 저 쉼터에 살구꽃이 저토록 화사하게 일 년 내내 피어 올겨울 눈에 덮인

살구꽃 풍경을 볼 수 있을지 모르겠습니다

신광뜰

연초록 찔레꽃 향내 가득한 비학산이 보이는 신광뜰을 걸으며 끈끈하게 들러붙는 교접交接의 축제장을 보았습니다 강과 산이 구름 사이로 나무와 송홧가루 날리는 바람이 춤을 추며 교성을 지르고 있었고 지나간 시간과 닥쳐올 시간이 눈 맞추며 조바심내는 그날 살아있는 모든 것들의 삶이 뜨거운 태양 아래서 일제히 함성 지르듯 작렬하면 초록이 뿜어내는 상큼한 비린내와 흙 비린내가 환호하는 엽록소가 저희끼리 손잡고 수다스럽게 수런거리다 우당탕거리며 말을 걸어 오지만 나는 그 말을 풀어내지도 응답도 못하면 누군가 헉헉대며 푸른 들판을 건너가고 다가올 시간에 버려지는 삶은 여전히 저 뜰을 떠돌며 외로웠다고 말했습니다

*
신광뜰은 포항시 북구 신광면에 있다

사방공원

쑥부쟁이꽃이 보고 싶어 가을이 깊어가는 사방공원 따라 걸으며 말이 많은 사람보다 침묵하는 들꽃이 더 보고 싶은 날 제가 처음 사귄 가을꽃 들국화로만 알았던 아름다운 보 랏빛 꽃은 쑥부쟁이란 예쁜 이름 뒤엔 쑥을 캐러 다녔던 불쟁이 딸이란 가난하고 슬픈 사연이 있어 친구가 되었습 니다 꽃의 숙명은 사람과의 약속이 아니라 세상에 존재하 기 위한 약속처럼 쑥부쟁이에게는 가을에 피어야 할 존재 의 약속이 있습니다 사람이 꽃보다 아름답다고 하지만 꽃 이 사람보다 더 아름다운 이유는 정직하기 때문에 지키지 못하는 약속이 난무하는 사람의 세상에 자신과의 약속을 지키기 위해 쑥부쟁이가 피었습니다 우리가 함께 걷던 그 길에 약속처럼 피어난 보랏빛 안부를 그대에게 전합니다

*
사방공원은 포항시 북구 흥해읍에 있다

서림지

마음에 숨겨두고 혼자만 보고 싶어 연꽃을 만나러 가는 서
림지는 누구에게도 알려주지 않는 곳입니다 여름 내내 백
련, 홍련 혼자 즐기다 여러 날 만에 찾아가니 어느새 연꽃
은 다 지고 없었습니다 기별 없이 피었다가 지는 꽃이라
지만 마음 섭섭해 돌아서려는데 연잎 위에 맺힌 보석 같은
물방울을 보았습니다 그건 연잎이 피우는 꽃이었습니다
꽃을 이루는 것은 꽃만이 아니라 잎도 있고 줄기도 있어야
가능한 것입니다 중심이 아니라 중심을 이루는 그 주변에
도 아름다움이 숨어 있는 우리가 보지 못하는 그사이 연잎
물방울 꽃이 연꽃보다 더 아름답게 피었습니다

*
서림지는 포항시 북구 흥해읍에 있다

고추꽃

죽장 고추밭을 지날 때마다 웃음이 나옵니다 고추는 주인을 닮는다며 누구네 고추는 작고 누구네 고추는 크다며 건강한 웃음이 터집니다 집 마당 한 귀퉁이 손바닥만 한 텃밭에 죽장 장날 고추모종을 식구 수대로 사서 심었습니다 여름 내내 밥상에 풋고추가 떨어질 날이 없어 작은 행복을 가르쳐 줍니다 옮겨 심기가 늦어 꽃이 필까 걱정을 했는데 밤하늘 별같이 생긴 착한 흰 꽃을 피웠습니다 꽃 핀 자리마다 오래지 않아 고추가 주렁주렁 달릴 것입니다 무릇 꽃을 피워야 열매를 다는 법입니다 사람도 마찬가지입니다 어머니라는 꽃이 피었기에 사람이라는 열매가 달리는 것처럼 세상 모든 어머니도 저렇게 아름다운 꽃이었기에 우리가 세상에 나온 것을 고추꽃에서 배웁니다

구만리 보리밭

동장군이 슬며시 꽁무니를 빼기 시작하는 순간을 귀신같이 알아채고 날아온 봄기운이 보리밭을 쓸고 가자 움츠리고 있던 몸을 한껏 펴고 하늘을 향해 쑥쑥 더 잘 크라고 앞집 얌전한 순이도 뒷집 개구쟁이 철이도 쿵쾅쿵쾅 뛰어다니며 잘근잘근 밟아주던 시절 빨리 익어야 힘겹게 보릿고개를 넘어가고 늙은 어미 밥상에 보리 쌀밥 한 그릇 올릴 텐데 하며 마음 졸이던 시절 동네마다 까르르 웃어대며 우르르 몰려다니던 아이들 사라지고 보리밥 한 그릇을 소망하는 사람들 없어졌지만 보리는 홀로 씩씩하게 뿌리 내리고 싹을 올린다 이른 아침이면 들에 나와 밤새 안녕하냐 말 걸어주며 깜부기 뽑아주고 잘 자라라 잎새 쓰다듬어주는 농부 한 사람만 있으면 매일매일 쉬지 않고 조금씩 자라 어느새 들판을 초록으로 가득 채우고 나서야 사람들 눈길이 와 닿지만 호미곶 구만리 보리밭은 바둑판처럼 획일적으로 구획 정리되지 않아 정겹다 부드러운 밭두렁 곡선이 화사한 봄을 닮은 여름이나 겨울처럼 봄은 계절로 가득 채우지 않는다 일찍 싹을 내는가 하면 조금 더디게 틔우기도 한다 봄은 누구도 재촉하지 않듯 이미 왔으니 저마다

생긴 대로 형편대로 느끼면 될 일이다 보리밭에 무덤이 있
으면 있는 대로 낮은 구릉이 밭두렁을 둘러쌓으면 그만이
다 해질녘 보리밭을 쳐다보니 선명한 트랙터 자국이 마치
농민 팔뚝에 아로새겨진 잔 근육같이 아름답다 한껏 기울
어진 햇살이 그림자 만들어 더욱 더 깊어진 골을 둘러보면
지천이 푸르름이고 들리는 건 보리를 키우는 파도 소리 뿐
이다

전선생집

효자시장 한 모퉁이 허름한 전煎선생집은 모둠전을 잘하는
곳으로 알려진 선술집입니다 고된 일을 마치고 온 사내들
로 밤이면 밤마다 몸살을 앓으며 농담과 욕설, 슬프고 기
쁜 가족사가 둥근 접시에 갖가지 전으로 활짝 피어나 어르
고 만지며 아픔을 달래자고 한 잔 술에 기꺼이 보시합니다
값도 맛도 인심도 좋은 모둠전에 저절로 고개를 숙입니다
저녁 술은 전처럼 힘이 세다고 전이란 안주가 은근히 유혹
하는 오늘이지만 내일은 또 다른 우리의 희망이라고 술잔
들어 건배를 외치는 전선생집에 온 술꾼들은 모두가 선생
입니다

모감주나무

안개 자욱한 바다에 고향으로 향하는 그리움 안고 자유 찾
아 떠난 노란 씨앗들이 유월 녹음 짙은 발산리 바닷가 산
에 수없이 많은 촛불 같은 꽃등燈을 켜고 황금색 꽃비가 내
린다 꽃진 자리에는 연초록 꽈리를 닮은 열매가 총총히 열
리고 가을이 되면 겉껍질은 갈색으로 변해서 갈라진다 씨
앗은 까맣게 익어 꽈리껍질과 함께 해안가에 떨어져 쪼개
진 껍질은 씨앗 안고 바다 건너 새로운 정착지로 긴 항해
끝에 습기 많은 바닷가에 뿌리 내려 자란다 다 자란 씨앗
들은 파도 타고 닿은 땅에 정착하여 군락을 이루고 살지
만, 자식에게는 멀리 떠날 유랑의 유전자를 물려준다 자유
로운 영혼이 되어 한없이 새로운 땅을 찾아 떠나기를 반복
하는 듯 모감주나무는 떠나버린 자식을 기다리는 부모처
럼 유월이 오면 노란 꽃등을 수없이 내걸고 바다 쪽을 보
며 꽃 피우고 떨어뜨리며 열매 맺고 씨앗 키우고 자신의
몸에서 떨어뜨려 먼 길을 배웅하는 일이 부모 세대 모감
주나무들이 해마다 하는 일이다 황금비 되어 지붕과 장독
대 위에 떨어져 내리던 꽃잎들이 거미줄에 걸려 허공에 나
부끼고 노란 꽃등 켜 든 모감주나무에 비가 내리면 꽃등을

내릴 생각도 하지 못한 채 기다림은 깊어만 가고 까만 열
매 돌리며 여름 한 철 하안거 보내는 선방 스님 독경 소리
에 피어나는 법열法悅의 꽃을 본다

*
모감주나무 군락지는 포항시 남구 동해면 발산리에 있다

이팝나무

산다는 게 참 외로운 여정인지 열심히 살아왔건만 되돌아
보니 부끄러움뿐이다 별 쓸데없는 일에 마음이 아팠고 어
리석은 욕심들로 인해 자꾸 상처를 받으면 입으로 들어가
는 고단한 밥수저의 무게가 서러워지는 것은 나이 들면 들
수록 그런 생각이 자주 든다 자박자박 비 내리는 창 너머
로 수없이 흔들리는 불빛 사이로 지난 기억이 피어나 명치
끝에 매달린 묵직한 안타까움이 다들 있기에 마음속으로
만 가졌지 표현 한번 제대로 못하고 어쩌면 저 혼자만 바
라보며 진정 잘난 것 하나 없는 빈 껍데기로 살면서 정작
사랑해야 할 것들을 많이 놓치고 살았습니다 어렸을 적 참
으로 먹을 것 없어 배곯던 기억들이 지나가며 넉넉하게 웃
을 수 있던 날이 많았고 하얀 누이 같은 이팝나무꽃이 뒷
마당에 쌀알을 펑펑 터뜨리며 바람에 떨어지는 꽃을 보며
아파했던 시절이 떠오른다 입하 무렵 핀 꽃이 하얀 쌀알
같다거나 흉년이 들어 먹지 못해 죽은 아이를 하얀 쌀과
함께 묻었더니 무덤가에 나무 하나가 자라 하얀 꽃이 피었
다거나 가난한 집에서 시집살이하던 며느리가 시어머니
구박에 못 이겨 목을 맨 자리에 피어났다는 서러운 얘기들

이 수북이 담겨 있는 이팝나무꽃이 집니다 까짓 없으면 없는 대로 이팝나무꽃을 고봉밥에 담아 이웃끼리 나누어 먹어야겠다

이팝나무 군락지는 포항시 북구 흥해읍에 있다

보라빛 해국

찬 바람 불면 바닷가에 피는 해국海菊은 가을꽃이다 따뜻
하고 편안한 땅을 마다하고 바닷가 척박한 땅에 소금 바람
몰아치는 아스라한 해벽海壁에 목숨 던진 순교자 같은 꽃이
기에 아름다운 것이다 사람의 일도 길이 끝나는 곳에서 새
로운 길을 내는 사람, 고난과 고통 속에서도 이웃을 위해
등불을 켜는 사람, 극지와 오지 세계 최고봉에 생명을 담
보로 자신의 발자국을 남기는 사람 그 사람들 모두 바닷가
에 피는 해국이다 보라빛 해국을 볼 때마다 내 삶의 발자
국이 어디쯤 머물고 있는지 돌아보고 진일보된 나의 세계
를 위해 지금 어디에 서 있는지 고난은 피하는 것이 아니
라 극복하는 것처럼 자신을 이기는 사람만이 해국과 같은
꽃을 피울 수 있고 저 해국처럼 당당한 자세로 살아가라
알려주는 나침반 같은 꽃이다

우암 은행나무

사는 게 바빠 가까이 두고도 자주 가보지 못했던 장기초등학교에 우암 선생이 심었다는 은행나무는 400년이 넘도록 유배의 고립을 즐기는지 그 자리에 있습니다 고독인지 죽음인지 이별인지 삶인지 오래 묵은 시간이 화석처럼 다가옵니다 스스로를 용서할 수 없을 것 같은 날 유배를 가야 하는지 묻기 위해 갔던 운동장에는 킥보드 타고 놀던 아이는 신나게 혼자 놀고 어차피 잠시 동안 그렇게 함께 있는 거라 삼백 년 후에는 아이도 나도 없고 밑 둥지 썩은 은행나무만 홀로 남아 오래 전 저를 안아주고 키웠던 어머니의 젖가슴을 기억해 줄 것 같은 스스로를 유배라는 직립의 고독을 만나 삶이 먼저인지 죽음이 다음이어야 하는지 묻자 은행나무는 몇 년 뒤 유배 온 다산에게 가보라는 듯 은행잎 하나 떨구었습니다

*
우암尤庵은 송시열, 다산茶山은 정약용 호이며, 장기초등학교는 포항시 남구 장기면에 있다

보리라는 말

보리밭을 보면 절하고 싶습니다 보리를 관광용으로 심어 청보리 축제를 하는 곳도 있지만 요즘 농촌에선 보리 구경하기 어렵습니다 귀하다 보니 들길 가다 보리밭을 보면 꾸벅 절하고 싶은 것입니다 어릴 때 할아버지 댁에 살며 겨울과 봄 사이의 보리는 꼭꼭 밟아줘야 잘 자란다고 한 마을에 사는 일가친척들이 모여 보리밟기 했던 기억이 있습니다

함박눈이 내리면 보리 풍년이 들겠다고 하며 겨우내 들뜬 흙을 눌러 주는 보리밟기를 해야 뿌리가 잘 내린다는데 보리밭이 사라지면서 보리밟기가 사라졌습니다 들판 풍경이 황량한 요즘, 보리밭 녹색을 보면 힘이 불끈 솟아납니다 혹한과 잦은 폭설 속에서 보리는 제 빛을 잃지 않고 굳세게 자랍니다 오래지 않아 보리가 팰 것입니다 보리 안 패는 삼월 없고 벼 안 패는 유월 없다고 했습니다

나는 보리밭을 보리 가람伽藍, 보리를 보리 부처라 부르고 싶습니다 망종 무렵 익어가는 보리는 황금 보리라 부릅니

다 보리농사가 돈이 안 되는데 귀한 땅에 보리농사를 짓는 사람은 불가에서 말하는 보리菩提를 얻은 사람입니다 수행으로 얻어지는 지혜이듯 손해 보며 사는 일도 큰 깨달음이라는 말을 보리에서 배웁니다

붉은 열매

겨울에 열매를 가진 나무는 신이 자연에 남긴 선물 몸도
마음도 추운 제철소 철조망 따라 심어진 붉은 열매를 아
침 일찍 먹고 가는 어린 새들을 보면서 물이 얼고 먹을 것
이 없고 연탄 한 장 없는 추운 이웃을 위해 사람도 피라칸
사스처럼 붉은 사랑의 열매를 듬뿍 나누는 시간 양복 옷깃
에 훈장처럼 단 사랑의 열매를 보면 왠지 신뢰가 가지 않
는 선물膳物이란 그 착함만이 이 겨울, 사람이 피우는 가장
뜨거운 용광로에서 나오는 쇳물처럼 겨우내 맺혀있는 붉
은 열매처럼 산업의 쌀을 만들어 내는 것처럼

장미꽃

스무 해 전에는 몰랐습니다 꿈을 안고 고향을 떠날 때 내
가 저 장미꽃을 사랑하게 될 줄 여름날 화려한 잔치가 끝
나고 파장의 자리에서 피는 장미는 여러 색을 피워내고 서
리 내리는 그때서야 꿈을 접고 고향에 돌아와 다시 만나는
장미가 나에게 속삭이는 위로였습니다 나에게는 돌아갈
곳이 아니 돌아가 다시 피울 꽃이 있었구나 나를 기다리는
붉은, 노랑, 하얀색 희망이 있었구나 낙향을 꿈꾸는 시월
꽃이 날리기 전에 돌아가고 싶은 고향으로 돌아오라 손 흔
드는 꽃입니다

해당화

바닷가에 피는 해당화海棠花는 화단이나 정원이 아니라 쉽게 눈이 들어오지 않는 평범한 자리에 있습니다 꽃이 피기 시작하면 바닷가 신부가 됩니다 녹색 드레스에 연분홍 면사포는 어디에 숨어 피어도 촌색시처럼 다소곳합니다 그윽한 향기는 지나가는 왕자의 걸음을 멈추게 합니다 가약佳約이란 말 아름다운 약속이란 뜻입니다 사람과 사람이 만나 가정을 이룰 때 쓰는 백년가약의 선물은 가족입니다 여자는 자식을 낳아야 어머니가 되고 남자는 가정을 가질 때 아버지가 된다는 해당화 피는 계절에 청첩장을 받았습니다 그들 부부의 가약이 해당화처럼 향기롭길 빌었습니다 오뉴월에 핀 해당화 향기를 전합니다

할매집 잔치국수

마음이 울적하거나 삶이 초라하고 외로워 보일 때 할매집 잔치국수를 먹어야 한다 늘 곱빼기로 말아줘서 남기면 다음에 곱빼기로 안 줄까 다 먹는다 국수는 후루룩 후딱 먹어 치운다는 고정 관념을 버려야 한다 그렇게 먹지 마라 꼭 머슴 같다 국수 한 그릇을 먹더라도 그 시간만큼은 삶의 잔치여야 한다 젓가락으로 국수의 면발을 적당히 집어 훈김을 느끼며 입안에 넣어 세 번 말아 먹는 음식이다 중간에 그릇째 들고 국물을 마신 후 내려놓고 이마에 땀을 닦아 줘야 국수에 대한 예의다 국수란 시를 쓰려 하는데 국수 면발처럼 잘 안 나올 때 뜨거운 국수 한 그릇 먹으면 국숫발처럼 시가 나올까 싶어 할매집 해풍시금치가 든 잔치국수를 먹으며 뜨거운 시가 국수처럼 나오는 느낌을 맛보고 싶다

*
할매집은 구룡포시장 근처에 있다

해설

포항에 바치는 연서戀書

이달균 시인

1. 포항이 품은 시인, 시심이 깃든 포항

한 시인을 기억하는 것은 한 도시를 기억하는 것과 같다. 러시아 상트페테르부르크를 가보지 못한 사람도 도스토예프스키 불멸의 소설 '죄와 벌'의 주인공 라스콜로니코프가 노파를 죽인 것을 고백하는 센나야 광장을 상상하는 것처럼 포항을 떠올리면 제일 먼저 윤석홍 시인이 생각난다.

윤 시인과의 인연은 1980년대 초반으로 거슬러간다. 난 마산에서 이월춘 성선경 시인 등과 '살어리' 동인을, 그는 포항에서 '일월' 동인을 하고 있었다. 그들과 우린 통신문학(신문을 접듯 회보를 접어 독자들에게 우송하는 방식)이란 방식의 모임을 하고 있었기에 서로 회지를 주고받으며 교류를 했다.

어느 날 우리가 북마산 중국집 2층에서 합평회를 하고 있었는데 정안면 시인과 둘이서 그곳을 찾아왔던 것이다. 나는 그 답례로 이월춘 시인과 포항을 찾았고, 환여동 윤 시인의 자취방에서 하룻밤을 보냈다. 그의 집은 백사장과 이웃한 바닷가였고, 자고 나면 마루에 하얗게 모래가 쌓여 있었다. 지금의 환여동은 그때와 달라도 너무 달라졌지만 "포항!"이라 부르면 그 바닷가 옛집과 윤석홍 시인이 곧바로 생각나는 것은 어쩔 수 없다.

우리들 20대의 풍경은 그렇게 펼쳐진다. 윤 시인은 치

열한 동인활동을 거쳐 1987년 무크 《분단시대》로 본격적인 문단활동을 시작하였고, 『저무는 산은 아름답다』, 『경주 남산에 가면 신라가 보인다』, 『밥값은 했는가』 등의 시집을 상재하였고, 여행 산문집 『존 뮤어 트레일을 걷다』를 펴내는 등 지구촌 오지를 걸어 다니며 현재에 이르렀다.

이렇듯 한 도시가 한 시인을 품을 수 있다는 것은 서로에게 행운이다. 빈터가 숲이 되고, 그 숲이 우거져 새를 기르고, 다시 그 새가 숲에 의지하여 둥지를 튼다는 것은 얼마나 아름다운 일인가. 특히나 진정성을 가진 시인이 그 지역에 오래 살며 발 딛고 사는 곳을 노래한다면 이 또한 얼마나 자연스러운 일인가.

2. 철강 도시에서 그리는 자화상

포항을 주제로 하는 69편이 실린 이 시집이 바로 그런 인연의 결과물이다. 여기에 실린 시들은 모두 산문시로 일관한다. 일별해 보면 시는 참 쉽게 다가온다. 낯익고 친근한 아저씨처럼, 때론 구수하고 정겹게 내가 산 이곳저곳을 앨범을 펼치듯 풀어놓는다. 은유와 상징, 생략과 축약보다는 찻집에 앉아 꾸밈없이 들려주는 화법을 구사한다. 메타포는 시의 내용을 형상화 시켜 이미지로 그려내고자 하는 훌륭한 장치지만 행간에 감춰진 것들로 인해 일반 독자에게는 조금 어렵게 비춰질 수 있다. 이번 시집은 오래 묵혀온 얘기들을 이웃들에게 조곤조곤 들려주기 위해 급박한 음률 대신에 담담히 율을 다스리듯 산문조의 형식을 취한 것이 아닌가 생각된다.

그가 그려낸 대상을 보면 그런 생각은 더욱 구체적으로 다가온다. '제일국수공장', '포항시립화장장', '기북우체국', '포항중앙포은도서관', '중앙동 이발소', '기계다방' 등등은 윤석홍 시인이 아니면 시화할 수 없는 곳이다, '칠포리 바위그림', '오어사', '호미곶 등대', '보경사' 등은 익히 알려진 명소이기에 시심을 가진 이라면 누구나 쓸 수 있는 소재들이지만 내가 발 딛고 살면서 만나는 이웃, 혹은 일상적으로 만난, 특별하지 않은 곳들에 대한 관심은 이 도시에 오래 산 시인만이 그려낼 수 있는 풍경이다. 그것이 바로 이 시집이 가진 최고의 미덕이란 생각이 든다.

지도를 펼쳐 놓고 한때 몸 부리고 살았던 곳마다 점을 찍어 본 적이 있는지 묻고 싶다 잠시 유학했던 곳이나 거처를 두고 살았던 생의 좌표들을 빼고 우리 인생 탄착점 대부분은 현재 살고 있는 주변에 형성되어 있다 이러한 사실은 내게 모험과 도전이 결여된 성향을 보여주는 듯 집과 일터 주변을 빙빙 돌고 있는 위성 같은 점들을 보면서 그것이 자신의 성격을 빼닮았다고 생각해본 적이 있다 익숙한 것이 제일 편안할지 모르지만 대부분 사람은 늘 가던 커피전문점을 이용하고 식사 약속도 자주 가던 식당으로 정하곤 한다 게다가 입던 옷이 편해 어머니가 명절 빔으로 새 옷을 사줘도 잘 입지 않았던 기억도 있듯이 나는 북위 36도, 포항에서 느리게 익어갈 것이다

- 「북위 36도, 포항」 전문

바쁜 일상 가운데서 잠시 멈춰 서서 자신을 바라볼 때가 있다. 내 그림자를 따라 걸어 본 적도 없고, 별의 행로를 눈여겨 본 적도 없다. 그저 땀을 식혀 줄 바람을 기다릴 뿐, 그 바람이 어디서 시작하여 어디서 잠드는지를 생각해 보지도 못했다. 그런 윤 시인도 어느 날 문득 자신이 앉은 곳의 좌표를 읽으며 걸어 온 길을 돌아본다. 잠시 떠나 있던 곳, 젊은 날 넓혀가던 삶의 외연을 축소시켜 놓고 보면 거의 팔할은 포항의 것임을 자각한다. 늘 그렇게 살았지만 이런 발견은 참 새삼스럽기도 하다. 공기처럼 너무 자연스러워서 잊고 사는 것일 지도 모른다. 윤석홍에겐 그곳이 바로 '북위 36도, 포항'이다.

하지만 그는 지구촌의 끝 간 데를 따라가 보고 싶었던 사람이다. 히말라야 초모랑마를 비롯한 봉사를 통한 지구촌 오지 여행을 몸소 행한 실천가이며 백두대간, 낙동정맥

을 두루 답사한 여행가이다. 2017년에는 세계 3대 트레일이라 알려져 있는 미국 캘리포니아 주州 시에라 네바다 산맥에 있는 '존 뮤어 트레일'을 다녀와 쓴 답사기를 펴내기도 했다.

이런 열혈남아의 길은 다시 포항에서 안식을 찾는다. 물론 여행은 돌아오기 위해 시작한다. 그 역시 돌아와 또 다른 내일을 꿈꾸기 위해 늘 가 앉던 커피전문점 의자에 앉은 것이다. 나침판을 놓고 멀리 떠나본 자만이 지금의 안식을 안다. 아니, 그 소중함의 무게를 안다. 이 도시의 여명을 따라 걷고, 황혼을 바라보며 늙어간다.

한여름 일제히 켠 에어컨이 밖으로 내는 열기가 에어컨 없는 집을 더욱 덥게 만든다는, 이 땅에 흐르는 눈물의 총량은 같다던 말이 떠오른다 폭염의 총량도 같으니 나를 시원하게 하는 건 누구를 끓게 하는 스스로 경험치를 얘기하는 것이니 내 식으로 말하자면 에어컨이 보살이다 더위를 쫓으려 에어컨을 켜면 밖으로 뿜어내는 열기가 고스란히 나무와 화초에게 화덕 속 불바람처럼 들이닥친다는 걸 알게 되면서 나 하나 위해 저들을 괴롭히는게 마음이 쓰여 자연 바람으로 버텨보자 다짐했다 여름 징역살이가 겨울보다 더 끔찍한 까닭은 서로 뿜는 몸의 열기가 다닥다닥 붙어 자는 잠을 괴롭히기 때문이라고 인간이 인간에게 무엇이 필요한지 길항拮抗 같은

것들이 떠오르는 제철소 용광로가 있어서 더 덥다는 포항의
폭염도 경전이다

-「제철소 용광로」전문

제철소는 그의 일터였다. 지금은 그 일터를 나와 용광로를 객관적으로 바라볼 수 있게 되었지만 일용할 양식을 가져다 준 용광로는 결코 객관화 될 수 없는 관계였다. 시대를 지나오면서 흘린 '눈물의 총량'과 '에어컨 실외기가 내는 더위의 총량'이 어찌 비교 대상이 되겠는가만 따져놓고 보면 이런 결과가 팬데믹으로 번진 '코로나19' 사태를 낳았다고 보면 전혀 무관치는 않아 보인다.

분명한 것은 나의 시원함이 타인의 더위가 된다면 지구 온도의 총량은 결국 같을 것이다. 생은 아이러니의 연속이다. 그 용광로와 함께 가정을 꾸렸고, 그 양식을 먹으며 시인이 되었다. 용광로의 밥을 먹으며 그 불꽃에 절망하기도 했다. 그렇게 간혹 길항관계에 놓일 때가 있다. 산업사회를 이끄는 중추인 곳에서 삶을 영위하면서 때론 희망에 부풀었고 또 때론 절망하기도 한, 팽팽한 긴장의 끈은 포항에 사는 시인이 겪어야 할 필연의 고통인 것이다.

그러나 함께 땀 흘리며 동고동락하는 제철소 동료들을 바라보는 시인의 눈은 매우 따뜻하다. 「제철소 사람들」을 보면 "바닷물을 햇살로 증발 시켜 만드는 염전의 소금처럼

빛나는 산업의 쌀을 만들기 위해 땀 흘리는 이 여름 가장
아름다운 사람들 그 땀에서 피어나는 장미 같은 사람의 꽃
을 본다"고 노래한다. '산업의 쌀'을 빚기 위해 흘리는 땀
은 '사람의 꽃', 즉 장미처럼 아름답고 숭고하다고 말한다.

결국 인용한 시들을 보면 내 삶의 근원에 생각해 보고,
남은 생에 대해 자세를 가다듬게 되는 것이다. 「북위 36
도, 포항」에서 「제철소 용광로」와 함께 사는 「제철소 사람
들」은 나의 이웃이면서 나의 초상화이다.

이날은 포항지역에 진도 5.4 강진이 일어난 날입니다 무고
하신가요? 별고 없으신가요? 안녕하신가요? 괜찮으신가요?
하는 흔하디 흔한 인사말마저 눈물겹게 느껴지는 저녁 무렵
지진이 일어나고 난 후 약 1~2시간 동안 정말이지 많은 분
들이 심지어 외국에 계신 분들까지 지진에 대해 놀라워하면
서, 근심하면서, 또 빠짐없이 서로의 안부를 묻고 걱정하는
모습들을 보여주었습니다

자기 자신의 공포보다 가족과 친지들과 이웃의 안위를 먼저
걱정하고 궁금해하는 모습들 보면서 참 많은 생각이 스쳤습
니다 세상이 각박해지고 험악해졌다고 하나 우리 안에 흐르
는 마음의 온도는 시리고 쓰린 자리를 덮어주고 어루만지기
에 충분하기에 사람이 희망이라는 생각 말입니다

겨울은 빠르게 왔고 추위가 깊어질 때마다 내 몸도 조금씩 부서져 갔습니다 땅이 흔들리자 역설적이게도 사람에 대한 불신이 흔들리면서 이웃들이 새로운 뜻으로 다가오는 경험이었습니다 당신이 살아야 내가 살고, 그들이 있어야 내가 있다는 다시 한번 여쭙습니다 다들 무고하신가요? 별고 없으신가요? 안녕하신가요? 괜찮으신가요? 아아, 이토록 위태롭고 힘들게 살아있는 날에 받아보는 이 눈물겨운 인사 말입니다

- 「2017.11.15」 전문

내가 오래 산 도시는 익숙한가? 익숙한 만큼 늘 안녕하신가? 영일만으로 밀려온 동해 물살이 시민들을 푸르게 물들이는 도시, 북으론 태백산맥이 버티어 든든하고 그로 인해 형산벌이 비옥하여 사람 살기에 좋은 도시, 더 먼 역사적으로는 동해안 해로의 중심도시였으니 언제나 포항은 안녕하였다. 거기에다 산업화의 깃발 아래 철강의 상징으로 손꼽히는 도시가 되었으니 남이 부러워 한 풍요를 구가하기도 했다. 하지만 이곳이라고 언제까지나 안녕과 풍요가 보장될까. 시인은 어느 날 마주친 느닷없는 변화에 잠시 황망해진다. 그러다 차츰 냉정을 되찾고 오늘은 진단한다.

2017년 11월 15일 포항에 지진이 왔다. TV에 비친 풍경은 매우 낯설었다. 포항 시민들은 오죽했을까. 늘 안녕했을 때엔 몇 년씩 안부전화도 없던 이에게서 전화가 온다. "별고 없으신가요? 안녕하신가요? 괜찮으신가요? 하는 흔하디 흔한 인사말마저 눈물겹게 느껴지는 저녁 무렵" 그랬다. 그들은 나에 대해 전혀 무관심한 줄 알았다. 그렇다면 나는? 나 역시 그들에게 무관심하지 않았던가. 어쩌면 그들에게 이런 일이 닥친다면, 나도 몇 년이나 잊었던 전화번호를 호출하여 안부를 묻지 않을까. 잊었던 나의 전화를 받고 그들도 눈물겹게 고마워하지 않을까.

지진은 땅을 흔들어 공포를 주었지만 굳게 닫힌 마음을 흔들어 빗장을 열어주었다. 이로 인해 "우리 가끔 보며 살자."고 다시 우정을 트고, 다시 만나 옛 정을 나눈 사람도 있었으리라. 사람 일은 늘 새옹지마가 아닌가. 생은 짧다. 가끔 누군가가 생각났다가도 금방 다른 일로 잊어버리고 마는데, 그런 친구에게 포항에 지진이 오지 않았다면 안부를 물었을까. 결코 잊은 것은 아니었다. 잊혀진 존재만은 아니었음을 안 것만 해도 얼마나 감사한 일인가. 전화를 걸어 준 그들을 통해 나의 얼굴을 본다. 당신들도 내 맘 속에 살아 있다. 그런 확신을 지진이 일깨워 주었다.

3. 막걸리처럼 익고 있는 낯익은 시간

포항의 명동이라 불렸던 중앙동이 겨우 목숨을 부지하다 꿈틀로 골목에 빨강 파랑 흰색 물감 빙글빙글 삼색 원통이 돌아가는 40년 가까이 된 이발소가 있다 가위질이나 손놀림이 정성스러운 이발사는 젊었을 때 시골에서 올라와 이발소에서 보조를 시작했고 허드렛일부터 머리 감기기, 면도, 머리 깎기의 단계를 밟아 얻은 일이 벌써 50년이 넘었다 비누에 솔을 문질러 만든 거품을 목과 귀 옆에 바르고 말가죽에 면도칼 쓱쓱 갈면서 내뱉는 이발사의 구수한 이야기에 귀가 즐거웠고 면도 후 칼에 묻은 거품은 신문지 조각에 닦아 버려야 옛날식이며 제격이다 타일 세면대에 머리를 숙이고 앉으면 긴 손톱으로 비듬 하나라도 남을세라 박박 씻겨 주었는데 그 개운함은 요즘 이발소에서 느껴 볼 수 없다 까까머리 시절 시골이발소 거울 위쪽에 밀레의 만종이나 이삭 줍는 사람 같은 명화가 걸려있고 옆에 있는 푸시킨의 시를 달달 외웠다 없어진 줄 알았던 허름한 이발소에 들어가 머리를 깎았다 칠순 넘은 이발사 가위 놀림은 더디지만 섬세했다 이발소 그림은 없었지만 흘러간 유행가 대신 클래식 음악에 삼색 원통이 힘겹게 돌아가고 있었다

–「중앙동 이발소」 전문

이 이발소는 중앙동에 터를 잡고 문을 연지 40년 가까이 되었다. 그 과거를 얘기하는 것을 보면 시인은 단골손님인 듯싶다. 하루가 다르게 변해가는 세태, '포항의 명동'은 옛 자취를 잃어가고 있으며. 이 이발소 역시 세련된 인테리어의 미용실에 밀려 박물관의 전시물처럼 늙어가고 있다. 주인은 칠순을 넘겼고, 그와의 인연이 소중한 시인은 예순을 넘어 칠순을 향해 가고 있다.

우리 어린 시절, 이발소는 단순히 머리만 깎는 곳이 아니었다. "거울 위쪽에 밀레의 만종이나 이삭 줍는 사람 같은 명화가 걸려있고 옆에 있는 푸시킨의 시를 달달 외웠다" 그렇다. 이렇다 할 문화공간이 없던 옛날의 이발소는 훌륭한 문화 사랑방이었다. 밀레의 그림이나 서양풍의 물레방아가 있는 계곡그림, 푸쉬킨의 시 '삶이 그대를 속일지라도...'가 붙어 있어 명화와 명시를 볼 수 있는 유일한 곳이었다. 중앙동을 말하면서 이런 얘기를 들려줄 사람은 흔치 않다. 그저 경제상권이 신도시로 이전되었다거나 도시재생의 효과를 제대로 볼 수 있을 것인지 등을 놓고 설왕설래가 있을 뿐이다. 그렇게 잊혀져 가는 마을의 숨은 역사는 시인의 갈무리된 곳간 속에만 존재한다.

사는 게 바빠 가까이 두고도 자주 가보지 못했던 장기초등학교에 우암 선생이 심었다는 은행나무는 400년이 넘도록 유

배의 고립을 즐기는지 그 자리에 있습니다 고독인지 죽음인

지 이별인지 삶인지 오래 묵은 시간이 화석처럼 다가옵니다

스스로를 용서할 수 없을 것 같은 날 유배를 가야 하는지 묻

기 위해 갔던 운동장에는 킥보드 타고 놀던 아이는 신나게

혼자 놀고 어차피 잠시 동안 그렇게 함께 있는 거라 삼백 년

후에는 아이도 나도 없고 밑 둥지 썩은 은행나무만 홀로 남

아 오래전 저를 안아주고 키웠던 어머니의 젖가슴을 기억해

줄 것 같은 스스로를 유배라는 직립의 고독을 만나 삶이 먼

저인지 죽음이 다음이어야 하는지 묻자 은행나무는 몇 년 뒤

유배 온 다산에게 가보라는 듯 은행잎 하나 떨구었습니다

-「우암 은행나무」 전문

　포항시 남구에 있는 장기초등학교에 우암尤庵 송시열이

심은 은행나무가 있다는 사실, 그곳에 다시 다산茶山 정약

용이 유배를 살았던 것도 역사에 깊은 관심을 두지 않은

장삼이사張三李四들은 잘 모르는 일이다.

　시인도 일상에 얽매인 한 생활인이기에 그런 사연 있는

나무를 찾지 못했다. 그렇게 잊힌 듯 살다보니 은행나무도

시인 자신도 유배를 사는 모양이 되고 말았다. 하지만 아

이들은 그 나무에 얽힌 역사는 모른 채 킥보드 타며 신나

게 놀고 있다. 그 광경을 바라보는 시인은 동심만이 우릴

구원할 수 있으리란 믿음을 가져보지만 그 동심인들 어디

그곳에서 그대로 서 있던가. 사람이 변하고 시절도 변해 간다. "어려운 시절이 닥쳐오리니 잘 쉬어라 캔터키 옛집" 이 노랫말보다 더 슬픈 노래가 있을까. 불과 100년을 사는 사람이 400년을 산 은행나무에게 무엇을 묻고 또 어떤 대답을 들을 것인가. 나이 든 현명한 나무는 그저 '은행잎 하나'를 툭! 떨구어 대답을 대신할 뿐이다.

이 시집을 읽다보면 생각이 많아진다. 어쩌다가 이 나무는 학교 운동장에 덩그러니 서 있으며 어떤 사연으로 시절을 견뎌내었던 것인가. 이 학교를 졸업한 동문들은 어떤 생각으로 이 나무를 추억할까. 시들은 생각에 생각의 꼬리를 물게 한다. 이 낯익은 시간들은 막걸리가 익어가듯 서서히 제 맛을 내고 있다. 그렇다면 이 시집은 분명 포항의 백과사전 역할을 하고 있다. 시인의 의도가 그러했는지 모르지만 독자들은 이 시집 한권을 들고 이 도시의 이곳저곳을 여행해도 좋으리라.

4. 한 송이 해국海菊처럼

편지를 부치기 위해 산골 마을 기북우체국 찾아가는 길에 접시꽃 지고 코스모스 피기 시작하면 오래지 않아 쑥부쟁이 구절초 피고 바람도 순해진다 나무들 그림자도 점점 길어지면

먼 북쪽 하늘에선 한랭전선을 서서히 준비할 때 호박은 노랗
게 익어갈 것이고 박이 하얗게 익어가는 시월이 오면 황금
들녘은 농부들 마음같이 금빛으로 물들어 갈 때 동구 밖 멀
리서 걸어오는 그대를 기다립니다 여름이 뜨거웠기에 사과
와 감에 단물이 들었고 고구마도 굵어질 것이며 벼들은 고개
숙일 때 사람도 사랑도 오고 가는 법 내가 부친 편지를 받아
읽으며 그대도 사랑으로 발갛게 익어갈 것입니다

　　　　　　　　　　　　　　　　　　　－「기북우체국」전문

옛 포항역 플랫폼에서 입영 열차를 기다리는 남자는 애써
웃어 보이고 떠나 보내는 여자는 눈물을 흘립니다 남자는
여자를 꼭 껴안고 이마에 입맞춤하고 오른쪽 볼과 왼쪽 볼
에 입맞춤한 뒤 입술에 두 번 입맞춤합니다 남자는 돌아서
서 가다 다시 걸어와 여자를 꼭 껴안습니다 여자의 눈물이
양쪽 눈에서 흘러내립니다 남자는 그 여자의 오른쪽 볼에
한 번 왼쪽 볼에 한 번 입술에 짧게 두 번 다시 입맞춤하는
것은 저들만의 공식일 것입니다 남자가 열차에 오르고 여자
는 오래도록 그 자리에 서서 눈물도 훔치지 않고 울고 있습
니다 추억 속의 역전 풍경은 여전히 생생한데 막상 와본 옛
포항역은 쓸쓸하고 소멸 직전의 불안감과 을씨년스런 분위
기로 아슬아슬하게 그 자리를 견디지 못한 채 100년 넘게
있었던 역은 개발이라는 자본주의 논리에 흔적 없이 사라지

고 말았습니다

- 「옛 포항역」 전문

포항 여행하는 김에 기북우체국에 가보자. 이곳 우체국
이야 그리 특별한 곳은 아니다. 청마靑馬 유치환이 엎어지
면 코 닿을 곳에 있던 정운丁芸 이영도 선생께 연서를 보
낸 사연을 가진 통영 중앙우체국 정도라면 몰라도 이곳은
그저 평범한 우체국일 터이다. 그러나 이 시는 윤석홍 시
인의 서정성이 잘 묻어난다. 기북면은 태백산맥의 발가락
을 만나는 지점이다. 그리 넓지 않은 평야에서 벼들이 익
어간다. 가을 누군가에게 편지를 부치러 가는 시인의 모습
이 그려진다. 메일이나 카톡이면 그만인 것을 굳이 편지지
에 쓴 편지글을 보내는 이유는 무엇인가. 그 느림이 정겹
다. 가을꽃들이 피었다 지는 산골마을 우체국 가는 길, 잉
크 냄새를 맡으며 나의 편지 속을 걸어오는 그대를 기다린
다. 사랑은 꽃잎이 순해지고 벼들이 고개 숙일 때 온다. 우
체국의 붉은 빛깔처럼 가을이 붉게 익어간다. 청마가 아니
면 어떤가. 포항의 한 시인이 누군가를 향해 연서를 보낸
기북우체국. 이만하면 스토리는 충분하지 않은가.

기북우체국은 건재하지만 옛 포항역은 문을 닫았다. 차
라리 시한부를 살고 있다면 느슨한 생명의 온기라도 느낄
텐데. 필자는 옛 포항역에서 기차를 타 본 적은 없다. 그러

므로 시인의 상상엔 미치진 못하지만 내 고향의 사라진 역이나 철길이 새로 놓이면서 우두커니 혼자 앉아 있는 간이역은 충분이 상상할 수 있다. 물론 이 역은 그런 시골 간이역에 관한 시는 아니다. 시인이 오랜만에 찾은 옛 포항역, 옛 자취는 없다. 시인은 입영열차 앞에서 헤어지는 연인을 상상한다. 하지만 이젠 그런 풍경은 전설이 되고 없다. 아니 100년이 더 된, 멈춰선 옛 포항역에서는 그렇다는 얘기다. 생성과 소멸은 한 궤로 묶이지만 소멸 직전의 퇴락은 추억을 먼저 부숴버린다. 자본의 풍요는 추억을 사살하는 잔인한 무기임을 실감한다.

찬바람 불면 바닷가에 피는 해국海菊은 가을꽃이다 따뜻하고 편안한 땅을 마다하고 바닷가 척박한 땅에 소금 바람 몰아치는 아스라한 해벽海壁에 목숨 던진 순교자 같은 꽃이기에 아름다운 것이다 사람의 일도 길이 끝나는 곳에서 새로운 길을 내는 사람, 고난과 고통 속에서도 이웃을 위해 등불을 켜는 사람, 극지와 오지 세계 최고봉에 생명을 담보로 자신의 발자국을 남기는 사람 그 사람들 모두 바닷가에 피는 해국이다 보라빛 해국을 볼 때마다 내 삶의 발자국이 어디쯤 머물고 있는지 돌아보고 진일보된 나의 세계를 위해 지금 어디에 서 있는지 고난은 피하는 것이 아니라 극복하는 것처럼 자신을 이기는 사람만이 해국과 같은 꽃을 피울 수 있고 저 해국

처럼 당당한 자세로 살아가라 알려주는 나침반 같은 꽃이다

-「보랏빛 해국」 전문

시인은 해국을 보며 먼 길 돌아온 날들을 반추한다. 해국은 왜 하필이면 "따뜻하고 편안한 땅을 마다하고 바닷가 척박한 땅에 소금 바람 몰아치는 아스라한" 곳에 피어날까. 그것도 찬바람 이는 가을 바닷가에서. 목숨 걸고 해벽에 핀 해국은 꽃의 순교자다. 시인은 "고난과 고통 속에서도 이웃을 위해 등불을 켜는 사람, 극지와 오지 세계 최고봉에 생명을 담보로 자신의 발자국을 남기는 사람 그 사람들"의 흔적을 따라 고행의 길을 헤매곤 했다.

물론 그의 고행은 순교를 위해, 선의 경지에 들기 위한 것이 아니라 자신을 시험하고 누군가에게 작은 힘이라도 되고자 즐겨 행한 것이다. 나는 윤석홍 시인의 그 실천을 존경한다. 처음 올라 본 산이라도 먼저 온 누군가는 길을 내었고, 손잡고 오를 수 있는 쇠말뚝이며 철계단을 놓아두었다. 내가 하지 못한 일을 하는 이의 생애는 아름답다. 절실한 물 한 모금을 갈구할 때 주는 물 한모금은 신의 선물과도 같다. 시인이 포항 바닷가에서 만난 해국 한 송이는 "당당한 자세로 살아가라 알려주는 나침반"이다.

예순 중반에 쓴 윤석홍 시인의 이 시편들은 포항에 대한

절절한 연서다. 처음엔 포항 백과사전이라 생각했는데 페이지를 넘기면서 한 시인이 쓴 연서임을 알게 되었다. 사랑한다면 당장 만나야 한다. 나도 내 사는 곳에 대한 사랑이 있지만 이렇게 절실하지 않았음을 고백한다. 그의 사랑 고백서를 읽다보니 이 짝사랑이 머잖아 화합의 합혼주合婚酒를 마실 날이 다가올 것임을 느낀다. 그 술은 이 시집을 읽는 독자와 포항을 사랑하는 사람과 함께 할 것이라 믿어 의심치 않는다.

나루시선 1
북위 36도, 포항
ⓒ2020 윤석홍

인쇄 / 2020년 11월 1일
발행 / 2020년 11월 11일

지은이 / 윤석홍
펴낸곳 / 도서출판 나루
출판등록 / 제504-2015-000014호
주소 / 경북 포항시 북구 우창동로 80
전화 / 054-255-3677
팩스 / 054- 255-3678

ISBN 979-11-956898-5-9-03810

값은 뒤표지에 있습니다.

* 이 도서는 2020 포항문화재단 포항예술지원사업 지원금을 받아 발간되었습니다.